共和国的历程

精兵之路

中国人民解放军裁减员额五十万

刘 亮 编写

蓝 天 出 版 社　吉林出版集团有限责任公司

图书在版编目（CIP）数据

精兵之路：中国人民解放军裁减员额五十万／刘亮编写．
—北京：蓝天出版社，2014．1（2023.3重印）
（共和国的历程）
ISBN 978-7-5094-1105-6

Ⅰ．①精… Ⅱ．①刘… Ⅲ．①革命故事－作品集－中国－当代 Ⅳ．
①I247．8

中国版本图书馆 CIP 数据核字（2013）第 305495 号

精兵之路——中国人民解放军裁减员额五十万
编　　写：刘　亮
策　　划：金永吉　荆忠峰
责任编辑：祖　航　孔庆春
出版发行：蓝天出版社　吉林出版集团有限责任公司
地　　址：北京市复兴路 14 号
邮　　编：100843
电　　话：010—66983715
经　　销：全国新华书店
印　　刷：北京柏玉景印刷制品有限公司
开　　本：710mm×1000mm　1/16
字　　数：69 千
印　　张：8
版　　次：2014 年 4 月第 1 版
印　　次：2023 年 3 月第 3 次
定　　价：29.80 元

前　言

　　中华人民共和国自1949年10月1日成立以来，已走过了六十多年的风雨历程。历史是一面镜子，我们可以从多视角、多侧面对其进行解读。然而有一点是可以肯定的，那就是，半个多世纪以来，在中国共产党的领导下，中国的政治、经济、军事、外交、文化、教育、科技、社会、民生等领域，都发生了深刻的变化，中国人民站起来了，中华民族已屹立于世界民族之林。

　　这段时间放到整个历史长河中是短暂的，有如弹指一挥间，但它带给中国的却是极不平凡的。六十多年里神州大地经历了沧桑巨变。从开国大典到60年国庆盛典，从经济战线上的三大战役到经济总量居世界前列，从对农业、手工业、资本主义工商业的三大改造到社会主义市场经济体制的基本确立，从宜将剩勇追穷寇到建立了强大的国防军，从废除一切不平等条约到独立自主的和平外交政策，从"双百"方针到体制改革后的文化事业欣欣向荣，从扫除文盲到实施科教兴国战略建设新型国家，从翻身解放到实现小康社会，凡此种种，中国人民在每个领域无不留下发展的足迹，写就不朽的诗篇。

　　六十几年在历史的长河中犹如沧海一粟，但对身处其间的个人却是并非无足轻重的。其间究竟发生了些什么，怎样发生的，过程怎样，结果如何，非人人都清楚知道的。对此，亲身经历者或可鲜活如昨，但对后来者却可能只是一个概念，对某段历史的记忆影像或不存在或是模糊的。基于此，为了让年轻人，特别是青少年永远铭记共和国这段不朽的历史，我们推出了这套《共和国的历程》。

《共和国的历程》虽为故事形式，但与戏说无关，我们是想借助通俗、富于感染力的文字记录这段历史。这套丛书汇集了在共和国历史上具有深刻影响的重大历史事件。在丛书的谋篇布局上，我们尽量选取各个时代具有代表性的或深具普遍意义的若干事件加以叙述，使其能反映共和国发展的全景和脉络。为了使题目的设置不至于因大而空，我们着眼于每一重大历史事件的缘起、过程、结局、时间、地点、人物等，抓住点滴和些许小事，力求通透。

历史是复杂的，事态的发展因素也是多方面的。由于叙述者的视角、文化构成不同，对事件的认知或有不足，但这不会影响我们对整个历史事件的判断和思考，至于它能否清晰地表达出我们编辑这套书的本意，那只能交给读者去评判了。

这套丛书可谓是一部书写红色记忆的读物，它对于了解共和国的历史、中国共产党的英明领导和中国人民的伟大实践都是不可或缺的。同时，这套丛书又是一套普及性读物，既针对重点阅读人群，也适宜在全民中推广。相信它必将在我国开展的全民阅读活动中发挥大的作用，成为装备中小学图书馆、农家书屋、社区书屋、机关及企事业单位职工图书室、连队图书室等的重点选择对象。

编　者
2014 年 1 月

目
录

一、 实施裁军

● 江泽民用洪亮的声音宣告："在80年代裁减军队员额100万的基础上，我国将在3年内再裁减军队员额50万。"

● 1999年11月24日，军委召开"三讲"会议，江泽民在会上进一步强调：我军必须拥有一支战斗力很强的快速反应部队。

● 50周年阅兵是新中国13次国庆阅兵中兵种最多的一次。阅兵方队横排面为25人，创造了世界之最。

提出新时期军事战略方针

1989 年，江泽民担任中央军委主席主持军委工作后，继承和发扬毛泽东、邓小平的建军原则和军事战略思想，以战略眼光、与时俱进的时代意识和改革创新的开拓精神，对新时期军队建设和军事斗争准备等重大问题作了一系列重大决策和改革。

1989 年 12 月，在党的十三届五中全会结束后不久，江泽民就来到古田会议旧址。在这里，他逐字逐句地阅读《古田会议决议》，并题词：

> 继承和发扬古田会议精神，加强党和军队的建设。

几年后，在一个赣江两岸开满杜鹃花的时节，江泽民又沿着毛泽东创建人民军队的足迹，一路风尘来到江西。走过这一片片浸透着先辈鲜血的土地，他深沉地说："一个军队要有军魂。我看，我们军队的军魂就是党的绝对领导。"

自此，军魂教育一直成为人民军队强根固本、常抓不懈的一项基础工程。

在经历了长时间的理论与实践探索之后，新时期人民军队思想政治建设的使命被确定为：

> 为打赢未来高技术战争提供强大的精神动
> 力，为保持人民军队的性质、本色和作风提供
> 可靠的政治保证。

自20世纪90年代以来，在以信息技术为核心的高科技浪潮推动下，现代战争进入了一个以高技术战争为特征的新阶段。

与这一新阶段同时到来的，一方面是国际风云变幻，两极格局解体，世界向多极化发展；另一方面是中国确立了社会主义市场经济的目标，中国的改革开放也进入了一个新的阶段。

面对国内外这两种新形势，在高技术条件下"打得赢"，在改革开放和社会主义市场经济条件下"不变质"，成为人民解放军必须解决的两大历史性课题。

1993年1月，中央军委制定了新时期的军事战略方针，提出准备打赢现代技术特别是高技术条件下的局部战争。

1995年，中央军委又决定在军队建设上实行由数量规模型向质量效能型、由人力密集型向科技密集型转变。

新时期军事战略方针的确立，是继1985年邓小平领导我军实行战略思想转变之后的又一次重大战略调整，为新时期军队现代化建设和军事斗争准备提供了基本

实施裁军

依据。

这个方针是我军发展史上又一个重要里程碑。

我军在党中央的正确领导下，认真贯彻新时期军事战略方针，坚持科技强军、质量建军，走有中国特色的精兵之路，使我们的国防和军队现代化建设迈上了一个新的台阶。

按照新的军事战略方针，人民军队在现代化的道路上采取了一系列具有决定意义的重要举措。科技强军、质量建军，走有中国特色的精兵之路，成为军队建设的主旋律。军队建设步入了注重质量建设，实现跨越式发展的新阶段。

1996 年 12 月 14 日，江泽民在军委扩大会议上的讲话中，对改革军队体制编制的紧迫性和应处理的各种关系进行了精辟论述。他指出：

从当前世界军事发展的动向看，我军编制体制不合理的问题比较突出，编制体制的调整改革要继续积极稳妥地进行。

改革是一个不断探索、不断完善的过程，要尽可能地论证充分一些，决策科学一些，以减少失误。在进行体制编制总体设计时，要正确认识和处理继承优良传统与发展创新的关系；借鉴外军经验与坚持我军特色的关系；军队调整改革与国家整个改革的关系；深化改革与保持部队稳定的关系。

总的说来，就是要紧紧围绕建设一支强大的现代化、正规化的革命军队这个目标，朝着规模适度、结构合理、指挥灵便的方向努力，要体现"精兵、合成、高效"的原则，要有利于加强集中统一领导，有利于军队的教育训练和管理，有利于未来作战的需要。

要把重点放在结构调整和指挥体制改革上，增强部队联合作战、机动作战和执行多种任务的能力。

江泽民的这次重要讲话，是他自1989年担任中央军委主席之后，关于我军编制体制改革的一系列指示的总结，也进一步推进我军新一轮编制体制改革的深入。

江泽民在正确处理数量与质量的关系上，有着清醒的认识，他强调指出：

如何处理数量与质量的关系，是一个非常重要的问题。自古以来，人们都知道，兵少不足卫，兵多则不胜其养。军队员额是由国情、军情和国家的安全环境及综合国力决定的。

我国领土领海广阔，我军现代化水平还不高，保持一定的军队数量是必需的。但是应当看到，随着科学技术的迅猛发展，高技术兵器

实施裁军

在军事领域的广泛运用，现代战争形态已发生很大变化，对军队现代化水平的要求更高了。争夺质量优势，已成为当今世界各主要国家军队建设的一个重要发展趋势。

所以，今后加强国防和军队建设不能在增加军队数量上打主意，不但不能在增加数量上打主意，还应该减少军队数量，使军队更精干，使其政治素质和军事素质更高。

这一基本思想，促进了党的"十五大"提出再次裁减军队员额 50 万的决策的形成。

江泽民宣布裁军50万

1997 年金秋之时，党的第十五次全国代表大会在北京胜利召开。

在会上，江泽民用洪亮的声音宣告：

我军在 70 年的光辉历程中，所以能够经受住各种考验，不断发展壮大，最根本的是靠党的坚强领导。

在新的历史条件下，军队必须始终不渝地坚持党的绝对领导，在思想上、政治上同党中央保持一致，一切行动听从党中央指挥，坚持人民军队的性质和宗旨。

贯彻积极防御的军事战略方针，加强质量建设，走有中国特色的精兵之路。从严治军，大力加强思想政治建设，发扬我军优良传统，在精神文明建设方面走在全社会前列。适应世界军事领域的深刻变化，加强教育训练，提高现代技术特别是高技术条件下的防卫作战能力。

在 80 年代裁减军队员额 100 万的基础上，我国将在 3 年内再裁减军队员额 50 万。

实施裁军

20 世纪 90 年代以来，世界形势发生了很大的变化，随着东欧剧变和苏联解体，世界各国由对抗转向对话，开始向着多极化的方向发展。

第二次世界大战后，由于世界长期处于"冷战"状态，以美、苏为首的两大军事集团保持了较高军备水平。

20 世纪 80 年代末至 90 年代初期，随着苏联解体，"冷战"结束，世界格局打破了两大军事集团长期对峙的局面，世界各国都已看出，虽然世界局部战争接连不断，但尚不足以诱发世界范围内的全面战争，国际形势向着缓和与有利于和平的方向发展，各国已不需要再保持规模庞大的军队。

世界的主题由对抗转向和平与发展，当世界大战在较长时期内可以避免的情况下，世界各国普遍重视以经济、科技为核心的综合国力的竞争。

同时，军事科学技术的发展极大地提高了武器装备的作战效能，今天一支规模较小的部队可以担负过去庞大部队才能完成的任务。

根据资料，轰炸同一目标和取得同一效果，二战时需出动飞机 4500 架次，投弹 9000 枚；到越南战争时就只需出动飞机 95 架次，投弹 190 枚；而海湾战争中仅需出动飞机 1 架次，投弹 1 枚。美军当时一个装甲师的作战能力早已超过二战时的一个坦克军。未来的一个数字化旅的作战能力将超过当时的一个师。

这使军队规模的压缩不仅可能而且成为必然趋势。

军费的供需矛盾，也迫使各国作出压缩军队规模的抉择。军费的供需矛盾，在历史上就是各国军队建设中都存在的普遍矛盾，但在新的形势下，这一矛盾更加突出。

一方面，建设高质量军队要求军费大幅度增加，高技术兵器价格直线上升。

以战斗机为例，二战末期每架约为 10 万美元，20 世纪 60 年代初约为 100 万美元，20 世纪 80 年代初约为 1000 万美元，海湾战争中使用的"F－15E"达到 4350 万美元，美国新一代战斗机"F－2"达到 1.6 亿美元至 2 亿美元。

航空母舰，二战末才 700 万美元一艘，20 世纪 90 年代美国的一艘尼米兹级航母及载机已达 130 亿美元。同时，装备的维修费用、军队的教育训练费用及生活维持费用等均大幅度上升。

另一方面，由于战争危险减小，各国加强了经济、科技发展的投入，军费所占比重有不同程度的降低。因此，世界绝大多数国家在军队规模上均作了较大幅度的压缩。

20 世纪 80 年代中期至 90 年代中期，苏联军队由 440 万人减少到俄罗斯军队的 170 万人；美军由 217 万人减少到 153 万人；英军由 33 万人减少到 25 万人；法军由 56 万人减少到 40 万人；日军由 27 万人减少到 23 万人……缩小军队规模，提高军队质量已成了世界的大趋势。

在新的世界形势下，中央军委提出加强质量建军、科技强军，走精兵之路。

将 3 年内裁军 50 万写进党的"十五大"报告，足以说明裁军的重要性。3 年内裁军 50 万是我们党和政府的一项重大战略决策，是从国际国内大局出发，根据军队规模的发展规律作出的正确决策；也是在新的军事战略方针指引下，加强质量建设，走有中国特色精兵之路的必然选择。

裁军 50 万人，充分显示了中国人民维护世界和平的诚意和决心，是对世界和平事业作出的重大贡献，是军队服从和服务于国家经济建设大局的实际行动，是适应世界军事发展趋势、加强军队质量建设的战略举措，对国际国内都产生了积极的影响，具有重大的意义。

到 1999 年底，裁军 50 万的任务基本完成，20 余万军队干部退出现役转业地方工作。这是新中国历次裁减军队员额中干部精简比例较高的一次。

中央提出优化军兵种结构

1999年11月24日，军委召开"三讲"会议，江泽民在会上进一步强调：

> 未来的高技术局部战争准备时间短，进程很快，初战即具有决定性意义。因此，我军必须拥有一支战斗力很强的快速反应部队。
>
> 另外，由于国家财力有限，军队现代化建设不可能齐头并进，只能有先后分梯次建设。对应急机动作战部队，在武器装备、物资和经费等方面实行重点保障并进行强化训练。

这一重要指示，对推进应急机动作战部队建设取得重大进步，起到了至关重要的作用。

在军委的统一部署下，我军及军兵种的领导指挥体制进一步调整。

人民解放军陆军集团军当时有数十个专业兵种，一百多种专业。兵种专业分队数量占分队总量的80%，专业技术兵员也占总员额的70%，基本形成了地面突击力量、火力打击力量、作战保障力量和后勤技术保障力量四个部分。这四个部分的力量相互支持，相互配套，共

实施裁军

同组成了一个完整的作战系统。

由原军委诸兵种领导机构缩编的总参炮兵部、装甲兵部、工程兵部及防化学兵部，再次缩编合并组成总参特种兵部，下设炮兵局、装甲兵局、工程兵局、防化学兵局，作为总参指导特种兵的业务部门。

各军区领导和编入集团军的特种兵，根据现代高技术局部战争的特点和作战要求，与野战军步兵进一步组配优化。我军的后勤保障体制进行改革，推行以大军区内陆、海、空军后勤供应通用物资统供和专用物资专供相结合的后方勤务供给体制，实行联勤保障，节约了人力物力，提高了后勤保障能力。

在中央军委关于建设有中国特色精兵之路的指导思想指引下，紧密围绕和按照未来高技术局部战争条件下"打得赢、不变质"的要求，海军、空军和第二炮兵的编制体制建设，也在改革调整中不断完善发展。

遵照中央军委关于"建立一支强大的具有现代化战斗力的海军"的指示，海军制订了现代化建设的总体规划，进一步发展了海军水面舰艇、潜艇、岸防兵、海军航空兵部队和海军陆战队等兵种，以及其他各种专业勤务部队，形成了一支诸兵种合成的强大海上战斗力量，提高了作战能力。

空军加强了空军航空兵部队、导弹部队、高射炮兵部队、雷达兵部队和空降兵部队建设，发展成为由空军航空兵等各专业技术兵组成的技术兵种，具备了完成空中突击、空中支援、空中运输、航空侦察和防空作战等任务的能力。

第二炮兵根据本兵种现代化、正规化建设和提高作战能力的要求，加强了中程、远程、洲际导弹部队和相应的作战保障、后勤保障和技术保障部队以及院校、科研单位的建设，变成一支拥有中程、远程、洲际和常规导弹装备，配套作战阵地和指挥控制、通信、情报手段的作战体系，完善的作战保障和后勤、技术保障体系以及战略核威慑能力和实际作战能力的重要国防力量。

至此，我军军兵种编制体制经过不断调整、改革和发展，形成了中央军委领导下的陆、海、空军和第二炮兵三个军种、一个兵种的领导指挥体制。

实施裁军

国庆阅兵精锐之师展雄威

1999年10月1日10时，北京天安门广场举行了盛大的共和国50周年国庆大阅兵。

9时58分，在欢快的迎宾乐曲声中，党和国家领导人江泽民、李鹏、朱镕基、李瑞环、胡锦涛、尉健行、李岚清等来到天安门城楼主席台。

排列在长安街上的陆海空三军、人民武装警察、民兵和预备役部队的17个徒步方阵、25个战车方阵，似挺立的峰峦，如坚固的城垛，巍然屹立。

此刻，132架战鹰编成10个空中梯队，也正在华北7个机场翘首待飞。

10时整，中华人民共和国国庆50周年庆典开始。50响礼炮轰鸣，让中华儿女热血沸腾的《义勇军进行曲》奏响，鲜艳的五星红旗像一束火焰在天幕上燃烧。

江泽民在阅兵总指挥、北京军区司令员李新良的陪同下，乘敞篷车检阅了部队，并在天安门城楼发表讲话。他检阅了由42个威武雄壮、军容严整、装备精良、精神抖擞的人民解放军陆海空三军、人民武装警察部队、民兵、预备役部队组成的地面方队。

这是党的第三代领导核心第一次在天安门广场检阅三军部队。这是共和国20世纪最后一次国庆盛大阅兵。

江泽民主持军委工作 10 年间，继承毛泽东、邓小平的建军思想，提出我军建设的总要求，确立新时期军事战略方针，实行军事斗争、军队建设两个根本性转变，制定了军队跨世纪发展的宏伟蓝图。人民军队的革命化、现代化、正规化建设都有了巨大的进步。世纪之交，党的第三代领导核心的庄严检阅，必将激励人民军队更加意气风发地向新世纪迈进。

　　检阅部队后，江泽民登上天安门城楼，发表了重要讲话。江泽民向世界宣布：

　　　中华民族将以更加强劲的英姿屹立于世界民族之林。

　　江泽民发表讲话后，军乐声再次回荡在天安门上空，气势磅礴的阅兵分列式开始了。由中国人民解放军仪仗大队组成的仪仗方队，护卫着中国人民解放军军旗走在最前面。

　　伴随着国旗护卫队沿天安门中轴线向国旗基座挺进的脚步，50 响礼炮昂首齐鸣，震天动地。

　　随后，来自陆军、海军、空军、人民武装警察部队、民兵、预备役部队的一万多名官兵和 400 多台战车、火炮、各种导弹等，分别组成 17 个徒步方队和 25 个车辆方队，通过天安门广场，接受检阅。

　　11 时 5 分，以空军航空兵为主体，陆军、海军航空

实施裁军

兵联合组成的 10 个空中梯队，驾驶着歼击机、强击机、轰炸机、直升机等 9 个机种、15 个机型 132 架飞机低空飞过天安门广场，拉出一道道彩烟。

一个个整齐雄壮的方队充分显示了我军现代化建设的累累硕果。

护卫人民军队旗帜的三军仪仗队是张思德生前所在部队。我军全心全意为人民服务的宗旨在这支部队源远流长，正是张思德的精神铸造了仪仗大队"仪仗事业重于生命，祖国荣誉高于一切"的队魂。

仪仗大队从 1952 年 3 月正式组建以来，他们执行迎接外国元首、政府首脑、军队高级将领来访和重大庆典、重要活动的仪仗司礼任务 2000 余次，次次万无一失，为共和国赢得了尊严与荣誉，被中央军委授予"军旅标兵"的光荣称号。

国防大学方队是国庆阅兵中军衔最高的受阅方队，主要由国防大学基本系高级参谋班学员组成。国防大学是 1985 年 12 月 24 日由中央军委发布命令组建的共和国最高军事学府。这所体现人民军队特色的大学，按照"培养既懂政治又懂军事，既懂指挥管理又懂专业技术的复合型人才"的目标，为陆、海、空军以及兵种部队，造就师以上指挥军官和高级参谋人员。

全军 90% 以上的高中级指挥员都进过国防大学，在这里学习战略、战役指挥的新理论、新知识，掌握先进的指挥手段。

建校 14 年来，国防大学先后有上万名指挥员走向陆海空演兵场，为全军输送了 400 多名军事学硕士研究生，27 名军事学博士生。

石家庄陆军学院的学员方队是全军陆军院校的代表。他们担负着培养陆军初级指挥员的使命，尽管学员们毕业后担任的是最基层的指挥员，但他们必须接受高等教育。尤其是陆军院校的教学内容经过深层次改革后，高等数学、物理等科技课程比重大幅度增加，毕业学员人人都掌握有三种以上电脑专业语言，都要通过地方专业英语等级考试。

从陆军院校毕业出来的干部，掌握了胜任第一职业的专业理论和技能，又着眼于未来学习先进的战术及各种高技术武器的相关知识，做到能将电子干扰、现代指挥和通信等技术手段运用于训练，能运用自动化指挥作战系统进行作业，能熟悉掌握陆军旅团以下各种主战装备，还能用多媒体、模拟器材等手段教学。

从陆军院校走出来的干部从担任基层排长开始，不断地用新的知识和带兵的实践经验丰富自己，在他们背后，就可能是一个营、一个团、一个师、一个集团军。

海军大连舰艇学院方队全部是本科生学子，他们是海军人才队伍建设的一个缩影，也是我军指挥员发展的必然趋势。

伴随共和国一起发展的海军大连舰艇学院，拥有航海、导弹、指挥控制、海洋测绘等 8 个专业系，9 个数学

实体；具备以硕士研究生和本科生为主，包括中级指挥技术军官在内的不同层次的 38 个专业的培训能力；具有海军战术学、海军作战指挥、航海技术和海洋测量 4 个专业的硕士学位授予权。

从这里培养出来的舰艇指挥技术军官，凭借他们所学习的高科技知识，驾驭现代战舰劈波斩浪。

空军院校方队是由空军培养指挥军官的最高学府——空军指挥学院的学员组成的，代表空军院校接受祖国和人民的检阅。

空军院校是空军各级指挥军官、飞行指挥军官和专业技术人才的摇篮。从 1946 年 3 月 1 日建立东北民主联军航空学校开始，经过 50 余年奋斗，空军教育体系和人才培训体制已经完善。

空军院校为空军部队输送了 40 余万名军事指挥干部、飞行人员和各级专业技术人员。

科技强军，教育为本，人才先行。为造就驾驭高技术条件下局部战争的栋梁之材，空军院校在本科教育的基础上，逐步实行双学位和研究生教育。教育的发展使各级指挥员和飞行员的知识不断地"脱毛换羽"，使空军的战鹰更加矫健、更加勇猛。

水兵方队由海军潜艇学院学员组成。他们平均年龄为 19 岁，是国庆受阅部队中最年轻的方队，他们托举起人民海军明天的希望。

祖国把 300 万平方公里蓝色国土和 1.8 万公里的海岸

线交给他们来守卫，他们50年来不辱使命，经受了战火的洗礼与和平时期的考验。在同国内外敌对势力进行的千余次作战中，涌现出安业民、麦贤得、胡业桃、龚允冲、柏耀平等战斗英雄和忠诚卫士。

女兵方队由卫生兵、通信兵、文艺兵、军校学员组成，代表共和国女军人庄严地接受党和人民的检阅。

她们中有汉、回、满、苗、蒙古、朝鲜、土家族等10多个民族的战士，其中年龄最大的26岁，最小的只有16岁，独生子占半数。

她们在妈妈的眼里还是孩子，但在山一样挺拔、海一样壮阔的受阅队伍里，巾帼不让须眉，是军营培育了她们刚毅的个性。

翻开我军的历史，各个时期都有相当数量的女军人和女兵建制连队，她们跟随部队转战南北，为中华民族的解放事业立下了不朽功勋。

在我军现代化建设的进程中，女军人在各个领域、各条战线上发挥了重要作用。在陆海空三军中，从驾机叱咤蓝天的飞行员到操纵火箭上天的女科研人员，从洁白的医院到洪荒的演兵场，军中巾帼默默地为我军现代化建设贡献着智慧和汗水。

海军陆战队方队给天安门广场带来猛虎啸月般的威严，这是人民海军新崛起的兵种。

海军陆战队诞生于1980年5月5日，优秀的官兵们装备着一流的武器和登陆工具。

实施裁军

19年的潮汐，19年的风雨，19年的锤炼，这支肩负着特殊使命的部队成为"陆地猛虎、海上蛟龙、空中雄鹰"。这支"新军"的出现，与水面舰艇、水下潜艇、海军航空兵、岸防部队一起构成了适应现代海战的海军五大兵种，在祖国蓝色国土和海岸线上共同筑起立体化的海上长城。

两个步兵方阵来自北京军区某集团军，几百名优秀的战士头戴钢盔，手握钢枪，身着迷彩，稳步前行。

铿锵有力的足音，勇往直前的英姿，展现出经历了72年光辉历程的人民军队的英雄气概。

这是两支经过长期革命斗争考验的精锐之师，一支参加过莱芜、孟良崮、济南、淮海、渡江、抗美援朝等著名战役；另一支当中有参加过北伐和南昌起义的"红二连"，还有参加过秋收起义的"红一连"和来自陕北支队的"红一连"。有从百色起义走来的"红军团"，有从鄂豫皖根据地冲杀出来的"红军营"。抗美援朝战场上，更涌现出很多著名战斗英雄。

空降兵方队由上甘岭的一支威震敌胆的陆军部队改编而成。人民空军的空降兵诞生于20世纪60年代，特级英雄黄继光是这支部队的旗帜。

30多个春夏秋冬，他们从东北雪原、海南岛屿到世界屋脊，从平原湖泊到山区森林，在各种复杂地区进行空降作战演练，使部队具备了到处能飞、到处能降、到处能打的特殊作战本领。

空降兵部队90%的团队成建制地形成新机新伞空降的能力。这支部队成为未来战争中孤军远征、奇袭敌后、执行急难险重任务的一把锐利尖刀。

飞行员方队由空军某飞行学院组成。他们与徒步方队列阵前行，把他们在蓝天的豪情洒在金水桥畔，让祖国和人民检阅代表空军战斗力主体队伍的风貌。

11时13分，历时一个多小时的阅兵结束。

此次阅兵与15年前的国庆阅兵相比，国防科技含量增大，高科技武器装备已开始成为主战武器，而这些武器装备绝大部分为中国自己制造。改革开放新时期诞生的陆军航空兵、海军陆战队、武警特警、预备役等部队第一次出现在受阅部队中。

50周年阅兵是新中国13次国庆阅兵中兵种最多的一次。阅兵方队横排面为25人，创造了世界之最。

装甲阵容由坦克方队、步战车方队、装甲车方队共100多辆战车组成，是新中国历次阅兵中最大的装甲阵容。

战略导弹部队的常规地地导弹、中程地地核导弹、远程地地核导弹等组成的4个导弹方队，是新中国历次国庆阅兵中第二炮兵导弹亮相最多的一次。

5个车辆方队由陆军、海军、空军、第二炮兵四大军兵种的400多台车辆组成，方队数量和车辆数量都创造了新中国历次国庆阅兵之最。

50周年国庆盛典，参加首都阅兵的我军英雄部队以

实施裁军

强大的阵容、雄伟的气势、精良的装备、高昂的士气向世界展示了新时期我军革命化、现代化、正规化建设的巨大成就，展示了我军威武之师、精锐之师、胜利之师的崭新精神风貌。

二、 提高素质

- 战士赵泽民上哨时，风雪狂舞，他累得边吐边爬，身后的积雪上，留下一串鲜红的血迹。

- 演习进入狙击歼"敌"阶段，不同距离上的靶子相继竖起，又随着清脆的枪声倒下。

- 有几个老乡特地爬到山顶，为俞树明和六连官兵点燃了庆贺的鞭炮。

江泽民提出军队建设总要求

1990年12月1日，江泽民在全军军事工作会议上发表讲话。他提出：

抓部队建设，最根本的是要把思想政治工作做好；

要加强组织纪律性，保证部队集中统一；

军事训练是部队平时培养作风、提高军事素质、增强战斗力的一个主要手段，要把军事训练切实摆在战略位置；

军事训练也好，整个军事工作也好，都应该抓实，只有抓实，才能抓出效果。

在这次会议上，江泽民还明确提出了军队建设的基本标准：

政治合格、军事过硬、纪律严明、保障有力。

接着，在1991年"七一"讲话中，江泽民主席又补充了"作风优良"，这就完整地形成了军队建设的"五句话"总要求，也开启了我军现代化、正规化建设的新篇章。

伴随着我国改革开放的步伐，20世纪90年代以来，世界形势发生了很大的变化，原有国际战略格局发生重大改变，多极化在曲折中发展。

随着高新技术和武器装备的发展，世界主要军事大国均走上压规模、上质量的精兵之路。

裁军不仅已成为历史的必然趋势，而且关系对新军事变革的反应。

面对继往开来的新征程，我国国防和军队建设面临新的机遇，也面临新的挑战。

在这样的时代背景下，建设什么样的军队、怎样建设军队，未来打什么样的仗、怎样打仗，成为当代中国共产党人和人民军队必须正视和回答的重大问题。

时任军委主席的江泽民，下决心扫除影响和制约军队战斗力提高的体制性障碍，对体制编制进行了深刻的调整改革。

江泽民根据国际国内形势的发展变化，进一步提出了一系列加强军队建设的基本原则和指导方针，领导全军沿着中国特色精兵之路开拓奋进。

1995年4月，中央军委颁布的《军队基层建设纲要》对这一总要求作了全面阐述：

第一是政治合格：

提高素质

坚定马克思主义信仰，坚持党对军队的绝对领导。

忠于党，忠于社会主义，忠于祖国，忠于人民。

拥护党的路线、方针、政策；思想道德纯洁，崇尚科学，反对迷信。

爱军习武，忠实履行职责。

党支部战斗堡垒作用强，党员先锋模范作用好。

第二是军事过硬：

战斗队思想牢固，战备、训练、科研工作落实，能随时执行作战和其他急难险重任务。

科技练兵扎实，军事技术熟练，战术运用灵活。

军官胜任本级指挥，士兵胜任本职岗位。

执行全训任务单位的训练等级达到一级，其他单位能够圆满完成任务。

第三是作风优良：

实事求是，言行一致。

与时俱进，开拓创新。

雷厉风行，勇猛顽强。

民主公正，廉洁奉公。

艰苦奋斗，勤俭节约。

尊干爱兵，拥政爱民。

无弄虚作假、隐情不报、铺张浪费等问题。

第四是纪律严明：

听从指挥，令行禁止。

管理严格，秩序正规。

军容严整，举止文明。

遵纪守法，奖惩分明。

无严重违纪，无责任事故，无刑事案件。

无失密泄密。

无计划外生育。

第五是保障有力：

武器装备和后勤装备达到规定的完好（在航）率。

教育训练和物质文化生活设施设备齐全配套，经费、物资管理制度落实。

伙食吃到定量标准，着装合体，卫生防病防疫符合规定要求。

共和国的**历程**·精兵之路

官兵体魄健壮，心理健康。

这一总要求，着眼于打得赢、不变质两个历史性课题，反映了不断发展的军队建设实际，是邓小平新时期军队建设思想的发展。

中央军委在颁发"纲要"的通知中指出：修订后的"纲要"坚持以邓小平理论和"三个代表"重要思想为指导，认真贯彻了江泽民国防和军队建设思想，充分体现了推进中国特色军事变革、做好军事斗争准备的新要求，广泛吸取了部队抓基层工作的新经验、新成果，是加强军队基层建设的基本准则和依据。各单位要认真抓好"纲要"的贯彻落实，不断推动部队基层建设与时俱进、创新发展。

艰苦戍边铸造合格军人

1997 年，江泽民在视察新疆时说：

> 神仙湾连队的官兵为什么吃饭要比赛呢？
> 是因为缺氧吃不下，他们是用生命在为祖国守
> 边防！

那是在 1982 年，共和国数百万公里边防线上的一个小哨所扬名全国，这就是屹立喀喇昆仑山脉中段、新疆维吾尔自治区皮山县境内的神仙湾哨所。

这一年，中央军委授予神仙湾哨所"喀喇昆仑钢铁哨卡"荣誉称号。

神仙湾哨所是全军最高、最苦、最让人崇敬和牵挂的小哨所。之所以这样说，是因为这里海拔高度为 5380 米，年平均气温零摄氏度，昼夜最大温差达 30 摄氏度，冬季长达 6 个多月，一年里每秒 17 米以上的大风天占了一半，空气中的氧气含量还不到平地的 45%，而紫外线强度却高出 50%。

当地有句民谚："氧气难吸饱，天上无飞鸟，地上不长草，风吹石头跑，四季穿棉袄。"这里是不折不扣的"高原上的高原"和"生命禁区"。

建哨初期，神仙湾哨所的官兵们靠着一顶棉帐篷、一口架在石头上的铁锅，每天吃压缩干粮、喝70多摄氏度就沸腾的雪水，硬是在被医学专家称为"生命禁区"的地方站住了脚，牢牢地守住了祖国的西大门。

每天早上当一轮金灿灿的太阳从雪峰间探出头来，一声清脆的哨笛就在地球之巅响起。10分钟后，神仙湾哨所的战士们喊着口号，列队出操。他们先是齐步走，接着是一公里小跑。

5000米以上的高山上，空气稀薄，深呼吸三大口也没有在平原平静地呼吸一次"吃"下的氧气多。哨卡官兵们一年四季都穿着8公斤重的棉大衣，空手走路相当于在平原负重40公斤。

在这样的条件下小跑，相当于在平原上进行百米冲刺。刚到这里的人都不适应，走几步就喘得胸膛要炸开似的，头疼得像有人用斧子在脑壳里劈一样。

但就是这样，战士们依然保持军人的本色，始终坚持每天的军事操练。

每天9时30分，早操结束。战士们打扫卫生，整理内务，洗漱。

遥远的边防哨所，一年三分之一的时间是大雪封山，与世隔绝。没有人监督，没有人催促，但走进哨所的营房，豆腐块一样整齐的被子，镜子面一样的地面，站队列一样的牙缸、牙刷，无不显示出军人的严整，透射出部队过硬的素质。

10 时整，食堂里摆上了丰富的早餐，牛奶、鸡蛋，4种咸菜，主食有馒头、花卷、油饼和稀饭。战士们吃得津津有味。

在这里，吃饭要靠比赛来激励。能有"津津有味"的好胃口，也是要经历一番磨炼的。

在从前，每年 10 月到次年 5 月，大雪封山，这里就与世隔绝。看到大雪飞扬，但是想吃雪水都吃不到，因为雪都被风吹到无路可通的山谷下，吃水只能到 20 多公里外的湖里挖冰，吃的都是封山前运进来的罐头、脱水菜、土豆这"老三样"。

后来条件有所改善，能吃上新鲜蔬菜，但也得过缺氧这一关。因为缺氧，口里没味道，官兵们都不想吃饭，但为了保证身体，只好用比赛这种方法激励。一个馒头及格，两个馒头良好，三个馒头优秀。

当阳光把雪山照得如金山一般耀眼的时候，轻武器射击练习开始了。

战士们一路军歌走向打靶场。排长组织验枪，讲解示范要领。战士们迅速卧姿练习。趴在冰冷的雪地上，不一会儿，肚皮就冻得冰凉。

阳光照射下，白雪泛起的强光刺得人眼泪直往下淌。如果不是有防雪盲的眼镜，在这样的条件下练习射击，很容易被炫目的阳光刺伤眼睛。

条件虽然艰苦，但战士们的士气依然昂扬向上。训练 20 分钟后，排长组织大家活动。战士们围坐一圈，唱

提高素质

歌、跳舞，歌声、掌声、欢笑声响彻云霄。

除了轻武器射击训练，战士们还要进行战术训练。

随着急促的哨笛声响起，人人全副武装，各班按战斗编组，迅速判断敌情，动作迅猛快捷，分头向高高的山头发起进攻。有的新兵平均每冲 50 米就要呕吐一次，吐完再冲。

在高原参加这样的训练，普通人跑不了两步小腿就打战，蹲在地上呕吐不止，但战士们却乐此不疲，他们说：

> 每天我们都要冲阵地、钻山头，痛快极了。
>
> 山再高再险，我们心里乐意。
>
> 不能冲锋陷阵，那还叫神仙湾的兵吗？

吃过午饭，睡过午觉之后，连队巡逻队赴海拔 5600 多米的点位巡逻。

连队装备的巡逻车被誉为"生命方舟"，车内集供氧、通信、监控设施于一体，信息化技术含量高。然而在从前，战士们都是徒步巡逻的。

最困难的是冬天，又是缺氧，又要踏着没膝的雪，肩上还背着枪支、电台。累到极点时，真有"就是死在雪山上，也不想挪动半步"的感觉。

在装备巡逻车之前，他们曾把军马和军犬运来爬山巡逻，可没出一个月，就被缺氧全部击倒。

可以想象，官兵们攀登一座座6000米高的大山，该需要多么刚强的意志！

连队巡逻点位都在海拔5600米以上的山脊上，遇到大风大雪，巡逻车到不了点位，战士们徒步也要坚持到点。战士们踏着没膝的雪，背着枪支、电台一步一步走向点位。

虽然巡逻队背着氧气袋，但没有人主动去碰它，有时在干部的再三叮嘱下，战士才吸几口。战士们心里明白："必须把缺氧扛住，不能天天背着氧气袋巡逻。真要有敌情，是不可能背着氧气袋打仗的！"

将近4个小时后，巡逻队爬上海拔5600多米的点位。战士们顾不上休息，潜伏观察，检查界碑。黑紫色的脸庞、绿色的军装在蓝天下的雪域高原上显示出了共和国的威严。

这里的战士有高原战士特有的黑紫色皮肤。这是高原的太阳送给他们独特的"勋章"。当这黑紫色的脸庞和绿色军装一同出现在鲜红的国旗下时，能让所有人心中涌起崇敬。

在飘扬着国旗的哨楼上，可清楚地看到环绕神仙湾的6座大山，其中最低的海拔也在5600米。

新兵7月换防上哨卡，他们过的第一关就是攀登这103级台阶。

刚开始，需提前半小时上哨，一爬上去就吐。

有一次，战士赵泽民上哨时，风雪狂舞，他累得边

提高素质

033

吐边爬，身后的积雪上，留下一串鲜红的血迹。经过一个多月的顽强训练，全连新兵人人能一口气跑步冲上哨楼。

这些新兵如果脱下军装，看起来和都市里哼流行歌曲、打游戏机的高中生别无二致。这些嚼口香糖、吃冰激凌长大的学生，一来到边防，竟迸发出如此强烈的责任感。

曾经有个叫马小宁的新兵，刚上山时患有严重的高原不适症，但还是要坚持上哨，最终被缺氧击倒，送到 30 公里外的营房医疗站治疗。

病情一好转，小马就急匆匆回到神仙湾。连队修建靶场，他和大家一起下到河谷搬石头，还多次参加巡逻。因过度疲劳，再次引发高原脑水肿，连队紧急把他送下山救治。

临走时，小马拉着指导员的手说："指导员，我好了还上神仙湾，行吗？"

指导员忍痛点了点头，望着小马乌紫的脸庞，在场的官兵无不泪湿双眼。

在戍边战士的心里，政治合格就是保卫边疆，就是对祖国赤胆忠心，就是牺牲个人，奉献祖国。

军人的感情往往是内敛的，这种感情表现在对祖国无限忠诚的行为上。

海拔 5600 米的高度又是对理想、意志的一种挑战。这里的戍边官兵说，海拔高度也是一种人生境界的高度。

战严寒、斗风雪、抗缺氧，他们自觉把拜金主义、享乐主义踩在脚下，视国家利益高于一切，以对党和人民的无比忠诚履行着"不把领土守小了，不把主权守丢了"的庄严使命。

像神仙湾哨卡的边防哨所，在共和国的边防线上还有许多，共和国的海防线上也有许多。驻守在那里的战士们无不是克服了千难万险，克服了身体上、生理上的种种不适，坚守着祖国的大门，树立起共和国的威严。

提高素质

保障有力战胜"非典"袭击

2003 年 4 月下旬,中国人民抗击"非典"的斗争进入关键时刻。

自从发现了首例"非典"病例,"非典"疫情在全国迅速蔓延,在首都北京每天都有数十例疑似病例发现,多的时候达到 100 多例。

一时间,全国风声鹤唳,谈"典"色变。首都北京成了"非典"疫情的重灾区。北京医疗战线的全体人员日夜工作,抵抗疫情。但疫情严重且来势突然,单靠地方的力量已经难以抵挡,于是,北京市委向军队求援。

4 月 24 日,中央军委发布命令:

全军各大单位紧急抽调 1200 名医护人员支援北京市组建小汤山"非典"收治定点医院……

防治"非典"是全党、全国当前的重大任务,军队支援地方医疗力量是义不容辞的责任,要求选调精兵强将,搞好思想教育,提供足够保障条件,确保圆满完成任务。

兵马未动,粮草先行。一场罕见的物资采购攻坚战打响了。这也正是考验我军是否保障有力的时刻。

4月25日下午，总后卫生部一个精干的筹备工作组开赴京郊小汤山。

他们的任务是：五天五夜内，建设一座拥有近千张床位和1200名医护人员的医院，并全面展开救治工作。

五天五夜，要完成价值9000万元的药品器材超常规采购。

工作组首先要制订一个包括390种西药、76种中药共计近2000个剂型规格的药品保障计划。

在总后卫生部药材局的帮助下，工作组在接到任务当晚，就紧急联系三〇二、三〇九医院专家咨询，根据这两所医院临床用药实践，对重点药品使用量进行计算，这个庞大而复杂的计划一个通宵就完成了。

接下来，药品采购要在三天内完成，总后数家军用物资采购局、供应站都领受了任务，八方出击。

总后华东军用物资采购局（简称华东局），先后受领总部下达的11份电话记录和传真电报，任务都是为小汤山医院和驻京部队防"非典"紧急采购物资，华东局从而担起了解放军抗击"非典"物资采购任务的大头。

为完成采购任务，华东局的领导高度重视，严密组织，及时成立了"防'非典'物资紧急采购工作领导小组"，严格标准，明确分工。

华东局紧急启动战时物资应急筹措办法，分别协调上海市、浙江省、山东省、江苏省等有关政府主管部门

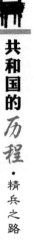

和11个生产企业，进行反复磋商，及时采购到所需物资；打破常规，特事特办，按照先协调有关政府部门联系货源，后与生产企业补签合同和携带现金结算的方法，既保证了采购到现有的紧缺物资，又保证了后续物资的加班生产和供应。

华东局科学安排，确保质量和安全，不但严格采购产品质量的验收，而且还注重资金和人员的安全。

华东局采购二处的沈明处长回忆起当时的情景时，他说：

> 我们二处平时的采购范围是军需装备、卫生装备、医疗设备、卫生器材和药品，主要在华东地区采购，供应全军，与厂家、医药行业经常保持联系。但这次采购的都是平时很少涉及的品种，像体温表、口罩，只是以前计划经济时期订过。
>
> "非典"出现后，上海市政府对这些物资进行了控制，我们找上海紧急采购办联系、了解情况、打报告求援。
>
> 另外，我们在华东地区医药行业有知名度，与工厂比较熟，工厂对我们比较照顾，有着为部队服务的意识。
>
> 采购口罩，由于情况特殊，带支票不行，就得拿现金。

当初是在浙江采购的，一个上校带队，找人家厂长人家不理，排队等了一个晚上，人家觉得过意不去，就把货给我们了。

为了减少中转环节，他们又连夜把货拉到虹桥机场，第一时间发往北京，凌晨才回来。

所有的东西，厂家给我们的是什么价，我们给总部的价就是多少，都没有提价。

局里很重视，花了大量的人力、物力。

比如当时野战防疫车上很多设备都是进口的，要求一个月内生产出来，如果按正常周期要3个月，没办法，只能找替换厂家，找替代产品。

局里专门配了一辆车，配了专门人员，六七个人用五六天走了四五个省市，搞调研，与生产厂家谈，从而保证在一个月内完成了28台野战防疫车的生产任务。

我们处里专门辟出一间办公室，成立了"'非典'物资紧急采购办公室"，全处人员轮流24小时值班，局里给专门开了一条热线。

当时的困难，最关键的是没有货。

这就体现出平时与供应商的关系，体现出采购单位在供应商心目中的位置，因为平时强调买方市场，好像我有钱什么都行，但那个时候就不一定行啊。

提高素质

像胸腺肽等紧急物资，你就是采购不到。这次采购的一些很小的东西，平常都不采购，也没跟人家打过交道，难度就更大了。

再有，部队这一特殊市场与地方同时发生需求，问题就出来了。如平时搞抗洪抢险，不存在与地方争资源的问题。而"非典"物资，军队地方都需要，这时候协调是个大问题。

还有，"非典"时期环境特殊，执行任务、出差都受影响，搞调研的车回来，人、车都得隔离。

据事后统计，前后两个月，华东局共组织采购了口腔体温表、防化学净化口罩、紫外线杀菌车、消毒灭菌器、床头 X 线机、移动 X 线机、野战防疫车、依维柯底盘等物资，价值 3600 万元。

同时，华东局还为北京、沈阳、济南三大军区卫生部紧急采购了口腔体温表、核络口服液等紧急救援物资。

就在华东局为物资保障紧急奔走的时候，总后东北军用物资采购局（简称东北局），也在为此奔忙。

2003 年 4 月 25 日、26 日、27 日，东北局连续三次接到总后司令部、卫生部紧急采购、运送野战卫生装备的任务，要求迅速将 6 台野战急救车和 4 台卫生防疫车送往北京，并于 5 月 16 日前采购 20 台 A 型野战急救车，6 月 6 日前采购 40 台 B 型野战急救车，用于北京运送治疗"非典"患者。

这次任务与平时有明显的不同：一是紧急、重大；二是下达的方式，是电话通知，而不是按往常的文件形式，走正常的业务程序；三是由总后的装备主管部门和业务部门同时下达；四是还要根据防治"非典"的特殊需要，对车辆进行改进。

接到紧急采购任务后，东北局领导非常重视，立即启动《战时物资应急采购预案》和《战时物资应急保障预案》，马上召集各业务部门的负责人研究部署，成立了由局长担任组长的应急采购保障领导小组。

26日9时30分，一位主管副局长带领有关业务人员赶往铁岭，组织承制单位和配套生产企业召开紧急会议，制订生产计划，研究急救车改进方案，明确原材料和车上设备的采购责任人，要求承制单位把这次卫生装备的紧急生产和运送当作一项重要的政治任务，全力以赴，按时完成。

会后，承制单位立即投入应急生产状态，实行"人停机不停"，24小时轮班生产。东北局派出两名干部驻厂，跟班作业，全程监督生产质量和生产进度。

26日当天，东北局的采购人员会同承制单位技术人员，对战储的6台野战急救车和4台卫生防疫车重新进行逐台检验，对发现的几处质量问题全力进行了整修和维护，对每台车进行了彻底的卫生清洁和消毒处理。17时30分，车队整装出发。

出发前，为加强车队组织、装备交接和有关问题的协调，确保这批装备安全准时地送到北京，东北局决定选派一名有经验的干部带队。这时候，前不久从外地回来、隔离刚结束的陈汝峰，不顾妻子的反对，主动请战，坚决要求带队进京。

那时候，人们对"非典"疫情缺乏了解，谣言四起。所以，所有到疫区的人都抱着必死的决心。但是，为了战胜疫情，他们义无反顾地出发了。

4月27日凌晨，在沈阳到北京的高速公路上，由6台野战急救车，4台卫生防疫车组成的车队高速开进。快到北京了，车上的人都戴上了口罩，心里不免有些紧张。

好在到了北京郊区，他们看到了戴着口罩晨练的人们，心情才略微平静下来。

5时30分，经过12个小时的日夜兼程，这些车顺利地交到了总后某仓库。

在随后的日子里，60台野战急救车的任务也提前完成了，东北局受到了总部机关的高度评价。东北局之所以能够顺利地完成任务，一个很重要的因素是，他们局早在几年前就已经为应急采购做了较充分的准备。

2000年，东北局成立课题组，着手进行紧急预案的制订工作。课题组深入到军区联勤部、联勤分部、摩步师、后勤院校、国防动员机构详细调研部队物资保障体制和物资需求情况。

经过两年多的努力，他们先后制订了《战时物资应急采购预案》和《战时物资应急保障预案》，两个预案相互配合、相互衔接，对战时物资采购与保障的主要任务、机构设置、力量编配，以及实施的基本原则、基本方法、基本程序作了系统的设计。

2003年4月30日凌晨，最后400张病床运抵小汤山，标志着定点医院物资筹措任务总体完成。

小汤山物资筹措得到了多方大力支持。

总后司令部紧急协调总后各业务部门行动。

总后财务部迅速协调拨款，开设专用账号，为物资采购提供经费保证。

15个品种4.6万件医用隔离衣裤、被褥、口罩，总后军需部3天就组织工厂生产和调拨完成了。

30万米用来做口罩的纱布要从西安调运，总后军交运输部从调拨车皮到医院收货仅用了3天。

总后直属分部和药材仓库3天内出动70多台次卡车运输各类物资，同时抽调大批战士装卸。

14台呼吸机要从国外紧急进口，北京海关立刻放行……

有力的保障使小汤山医院顺利建成，在抗击"非典"的斗争中发挥了重大作用。

在两个月的时间里，小汤山医院发扬"英勇无畏、科学求实、团结协作、救死扶伤"的精神，共收治了680例确诊"非典"病人，其中有672人治愈出院，治愈率达98.8%，1383名工作人员无一感染。

共和国的历程·精兵之路

　　肆虐的"非典"病毒退却了，在这场没有硝烟的战争中，全国人民终于迎来了夺取全面胜利的重要阶段。江泽民签署通令，嘉奖全体官兵。

　　世界卫生组织考察小汤山后，评价说：

　　7天建成一个1000张床位的传染病院，让我们感到惊奇，小汤山医院是世界上收治"非典"病人最多的医院，死亡率不到2%，工作人员无一感染，中国人了不起，中国军人了不起，真是一个奇迹！

举行军演练就过硬素质

2007年11月24日，东南某野外射击场，一次军事演习正在举行。

演习进入狙击歼"敌"阶段，不同距离上的靶子相继竖起，又随着清脆的枪声倒下。此时，200米开外的山坡上，一个头像靶在草丛间缓缓升起。远远望去，还不及指甲盖的一半大。

天色渐晚，光线昏暗，风速陡增，吹得草木哗哗作响。坐在检阅台上的将军拿起望远镜，牢牢地套住了若隐若现的头像靶。

将军是步兵出身，知道在这样的距离、这样的光线、这样的风速下射击并不容易。即使瞄准了靶心，在这样的风速下也会横移半个身子，就是说，如果瞄的是心脏，那么打中的可能就是右肩膀。

"砰！砰！"几秒钟后，枪声响起，头像靶应声倒地。

"打得好！"将军情不自禁地称赞。观摩的人群沸腾了：两发子弹，一发命中人中，一发打进眉心，相距不超过5厘米。

练就"百步穿杨"绝技的就是狙击手何祥美。200米距离外的头像靶，他居然能指哪打哪，"枪王"的美名从此不胫而走。

何祥美刚当上狙击手时，就在日记里写下了这样的誓言：

> 在这里，最舒服的永远是昨天……战场上，狙击手扣扳机的机会只有一次。若不能一枪毙敌，牺牲的就是自己。

何祥美深谙这个道理，提高射击精度也成为训练中重点解决的难题。

为了保证枪的稳定性，何祥美把圆石子、弹壳放在枪管上，两个小时不能掉，掉一次自觉加练10分钟。

为了提高识别目标的能力，他进行盯手表秒针训练，做到5分钟不眨眼，迎风、迎光、迎沙不流泪。

为提高场景记忆能力，他经常身处陌生环境，一分钟内判定风向、风速，目测距离和高低角，判断现场景物。

狙击手对射击环境格外敏感，风、雨、阳光、气温、气压、距离等稍有变化，便要对瞄准点进行调整，俗称"修风"。何祥美就把数千个射击参数写在小卡片上，一有空就掏出卡片背几个数据。如今，射程随你定、目标可大小，何祥美抬头一瞟，几秒钟内便能判定风向、风速，目测距离和高低角，得出正确的修正值。其结果多次与测量仪比对，误差接近于零。

为了增强训练难度，他还专门设计了方格靶，分成5

个区域，每个区域的靶心由原来的 10 厘米缩小成 2 厘米……

作为南京军区某部特种大队的狙击教官，何祥美不仅是一枪一命的狙杀高手，还是上天猎雄鹰、入海斩蛟龙的"三栖尖兵"。

闽南 8 月，正值台风肆虐。这天，部队组织翼伞首次试跳。

某野外训练场，突然浓云密布、狂风大作，吹得地面尘土飞扬、石走沙飞。

恶劣的天气让部队领导和专家们都皱紧了眉头。这次跳伞带有试验的性质，新装备在这样的条件下能发挥作用吗？

跳还是不跳？部队领导心里没底，在场专家心里也没底。

"我来试跳！"一个响亮的声音在人们耳边回响。领导抬头一看，是何祥美。

"你有把握吗？"领导担心地问。

何祥美侃侃而谈，从空气动力学和机械平衡学等方面论证了在极限条件下跳翼伞的理论依据。他还向专家们亮出了自己已经取得的军事跳伞证书。

一番话，说得在场专家直点头。

"好，你上！"部队领导拍了拍何祥美的肩膀。

铁翼飞旋，直升机腾空而起。

100 米、200 米……直升机很快升到了 1000 米高空。

提高素质

"咣当！"舱门刚打开，一股强劲的气流就冲进机舱，大地在舱口如缩微照片一样滑过。

何祥美没有丝毫犹豫，第一个跳了出去。

一秒、两秒、三秒过去了，主伞居然还没打开！此时，何祥美就像秤砣急速下坠，耳边只有狂风呼啸声。

"不好！主伞收口绳打了结！"

何祥美用力拉动两个操纵带，可怎么拉主伞还是不能正常张开，下坠速度越来越快。

"打开备份伞，打开备份伞！"地面指挥员通过对空广播，急切地不停呼叫。

但是，如果直接打开备份伞，很可能与主伞缠在一起，那样危险性更大。

时间一秒一秒地过去，何祥美一边暗示自己沉着冷静，一边回想着空中特殊情况处置方法。

就在下降了八九秒的瞬间，何祥美作出了一个明智的抉择：先拔掉飞伞把柄，飞掉主伞，再拉开备份伞手拉环，打开备份伞。

"嘭！"备份伞终于打开了，他又飞了起来，白色的伞花在空中徐徐下落。

2002 年 4 月，何祥美凭借过硬的素质，实现某飞行器试飞成功，成为该部的"首飞尖兵"，也因此当上了该专业的教员。

作为"三栖尖兵"，何祥美在水中也是把好手。

2003 年 11 月，潜水集训队进行海底潜水考核。

何祥美穿戴好装具，第一个跳入冰冷的海水。他按照教员的要求，一米一米慢慢地往下潜，每下潜两米都会进行一段时间的抗压。

当他潜到水下 7 米的时候，胸口发闷，呼吸困难，耳膜和鼻子几乎要爆炸，温度极低的海水让何祥美感到渐渐要失去知觉。

可是，作为一名"三栖尖兵"，何祥美虽然身体极为不舒服，但他知道，只有经过炼狱般的考验，才会有脱胎换骨的改变。

靠着这种坚强的信念，何祥美不断在水下做着加压训练。

剩下的 3 米距离，他每下潜一米停留的时间就更长了，后来一直潜到 12 米。待他上岸时才发现，所在小组只有他一个人完成了 10 米海底下潜的训练任务。

对于"三栖尖兵"来说，大海是最严格，也是最公平的考官，只有经受大海的洗礼、经历大浪的锤炼，才能实现从陆上猛虎向海上蛟龙的转变。

万米泅渡是每名战士必须完成的课目，作为班长的何祥美在保证个人完成的前提下，还要带领班里人员全部到达终点。

风更大了，海面上的波浪开始剧烈涌动起来。

"救我，快救我啊……"离何祥美不远的小苏，时而下沉，时而上浮。

此时此刻，何祥美过硬的水上功夫显现了出来。

提高素质

他潜水穿过 5 个连环浪，迅速趴上即将扑向小苏的急浪，一把抓住他的头发，将救生圈拉给他。

像何祥美这样主动磨砺自己、锤炼自己的战士，在共和国的军队中不在少数。他们在训练场上不畏艰辛，不怕流血流汗，战严寒，斗酷暑，练就了能打必胜的过硬的军事素质。

临危受命战胜冰雪灾害

2008 年初，中国南方各省爆发冰雪灾害。大半个南方，暴雪冰雨肆虐。

危难之中，三军将士在风雪中出征。在这个寒冷的冬日，解放军官兵用他们的实际行动在灾区为自己树起了一座不朽的丰碑。

2008 年 1 月下旬以来，特大暴雪普降江南，南京军区"硬骨头六连"连长俞树明，敏感地意识到一场大战即将来临。他迅速召开支委会，收拢休假人员，做好随时出动的准备。

1 月 27 日，杭州火车站告急，3 万多名旅客滞留。俞树明接到上级紧急命令，迅速赶往杭州火车站。

俞树明带领全连官兵在车站紧急支起帐篷，救援处于寒流中的旅客。三十来公斤的帐篷，他一夹就是两个。连续奋战 3 个小时后，12 顶大型军用帐篷稳稳地挺立在风雪之中。

熬煮姜汤、搬运行李、疏导交通……长时间忍饥挨冻使俞树明一下子病了，他高烧达到了 40 摄氏度。

2 月 1 日，俞树明的病情稍有好转，可他又得知自己刚满一岁的女儿也因重感冒转肺炎，已住院 5 天。

他刚想踏进医院去探望女儿，却又接到紧急命令：

共和国的
历程
·精兵之路

杭州市区主干道交通瘫痪，火速增援！

俞树明来不及多想，又带领由 48 名老兵组成的突击队星夜驰援西湖大道。

长约 1000 米的西湖大道，积雪厚达 30 厘米。俞树明首先做了简短的动员工作，他大声地询问同志们："在天亮前清除积雪，疏通道路，有没有信心？"

"有！"同志们齐声回答。

俞树明率先挽起衣袖，甩开膀子，挥锹除雪。激战 3 小时，官兵们终于抢在市民上班前将这条杭城交通命脉完全打通。

2 月 6 日，妻子抱着女儿来到连队，俞树明看到灾情仍然十分严重，顾不上一家三口团圆，忙着组织大家开展针对性抗灾训练，准备迎接新的战斗。

2 月 11 日，江西电网告急！

"硬骨头六连"接到入赣抢修电网的命令。次日凌晨 3 时，俞树明带领全连官兵紧急出征，奔袭千余公里，于 13 日 17 时抵达赣州作业点，连夜安营扎寨，受领任务。

俞树明带着几名骨干在万安县作业点破冰开路，勘察作业地形。按任务要求，在两天时间内，全连官兵要把 50 吨电网塔基材料送上海拔 1400 米高的山顶。

队列前，俞树明高声呼喊："困难面前有六连！"

全连官兵齐声作答："六连面前无困难！"

转眼间，崎岖的山路上，运送塔材的官兵排成了长长的队伍。18 时，天色已晚，山下只剩下 17 根每根 150

公斤重的塔材了。

暮色中，队伍重新集结，老兵新兵科学编组，连续突击3小时，仅一天时间，他们就完成了原定两天完成的任务。

2月15日，井冈山电网告急：海拔最高的罗霄山脉8座塔基倒塌，需要攀爬7公里的陡峭山路，将每根重达1000多公斤的塔材运上作业点。

俞树明临危受命，带领全连官兵从赣州急速转战井冈山。他们凭着一股"硬骨头精神"，将这块难啃的"硬骨头"一举拿下，比预定时间提前一天完成任务。

17日下午，带领官兵胜利完成永新县境内岩石山电力器材运送任务的俞树明，受到了当地老百姓的热情欢迎。有几个老乡特地爬到山顶，为俞树明和六连官兵点燃了庆贺的鞭炮。

提高素质

放弃婚礼毅然奔赴灾区

2008 年 1 月 28 日,南京市持续三天遭受到暴雪袭击。

5 时许,林正进按捺不住内心的激动,早早起了床。

这天,是他大喜的日子,他将在这一天迎娶他的新娘。

林正进是南京六合人,2001 年 12 月入伍,2006 年 9 月加入中国共产党。他是南京市消防支队浦口大队兴浦路中队二级士官,驾驶班副班长。

林正进走出宿舍,望着房前的皑皑白雪,心中暗想:几天前自己还在执行抗雪救灾活动,今天天气这么好,一定不会有什么任务了。

8 时,西装革履的林正进正准备动身去接几十里外的新娘,忽然,他家中的电话响了。

林正进一看是中队值班室的电话,他以为是中队领导来贺喜的,便轻松地按下了通话键。

但是,令林正进没想到的是,电话那头的声音说:"小林,部队接到了紧急除雪抢险任务,情况紧急,需要你立即归队!"

身为中队驾驶班副班长,又是消防云梯车驾驶业务最熟练的驾驶员,林正进接完电话后内心十分矛盾:如果自己一走，婚礼势必无法继续举行，将会给双方请来的亲朋好友带来不少的遗憾。

但望着窗外仍在飘落的大雪，消防战士的职责使他意识到抢险救援任务迟一分钟展开，国家和人民群众的生命财产安全就要增加一分新的危险。

军人以服从命令为天职，为了国家和人民的利益，舍小家顾大家是军人义不容辞的选择！

想到这些，林正进立即打电话告诉正在忙碌的新娘一家："部队有紧急抢险任务需要我回去，你们向亲戚朋友们解释一下，婚礼等我完成任务后再补办。"

随后，林正进匆匆脱下新郎礼服，在风雪中换乘了两趟车，马不停蹄地赶往中队。

漫天雪花飞舞，道路冰雪覆盖，20多公里的路程他走了一个多小时。

回到中队的林正进得知：在经过了持续多日的大雪后，位于南京市石佛寺的南京公安特巡警支队直升机大队的停机库顶棚，积雪厚达40多厘米，随时可能被压垮。而机库内造价昂贵的3架警用直升机，在雪灾中担负着航拍、道路监测、空中支援等重要任务。上级命令林正进所在的消防中队紧急赶往现场清除冰雪，以保证停机库安全。

明确了任务要求后，林正进立即驾车与中队的战友们赶到了停机库。

经过现场察看，停机库是一个长近50米、宽30米、

高 12 米的大跨度钢结构棚。由于停机库顶棚较高，现场指挥员决定：动用消防云梯车，分批次将每组 4 名消防队员用云梯运送至停机棚顶端，并用安全绳固定在云梯车的车斗上，以防摔下停机棚顶。消防队员用铁锹一点一点地铲雪，当铲完一片区域后，再靠云梯臂的移动转移战场，继续清除积雪。

作为大队云梯车驾驶最熟练的驾驶员，林正进知道在这样的任务面前自己责无旁贷。

从 9 时多开始，林正进几乎没有离开露天的云梯车驾驶台。

云梯车将系着安全带的消防战士送到停机棚顶，林正进一面盯着战友们的动作，及时调整角度，一面听从现场人员指挥，完成指令动作。

时间一分一分过去，林正进全神贯注地操纵着云梯车，因为云梯有 32 米高，云梯升得越高，操作的难度越大。

当时的环境非常恶劣。

为确保在 10 多米高空上的战友们的安全，林正进操作时一边仰头看车斗里战友发出的移动指令，一边紧盯仪表盘和操作杆。

从 9 时到第二天零时，他们在风雪之中连续工作了 15 个小时。

风雪交加，由于担心影响视线，林正进没有打伞，两套大衣和制服都被大雪湿透了。

终于，停机库顶棚上的积雪清除干净了，直升机的安全保住了，而此时小林穿的大衣、战斗服和帽子上则全部被雪水浸湿，结成了厚厚的冰块。林正进几乎是身体僵硬着在战友们的搀扶下，才好不容易走下了操作台。

回到中队后，他休息了很长时间才缓过神来。

24时多，林正进拖着疲惫的身子回到家，等待了一天的新娘宣修金这天不得不住在了娘家。

几天后，抗雪救灾任务有所缓解，中队决定为林正进和他新婚的妻子补办一次"警营婚礼"，时间定在2月3日下午。

这天，林正进早早将新娘宣修金接到了部队，战友们买来了大红喜字，专门腾出了一间招待房布置成"新房"，炊事班也准备了丰盛的菜肴，大家期盼着他们幸福时刻的到来。

14时50分，婚礼还没开始，刺耳的警铃声打破了祥和喜庆的气氛，中队又接到了新的抢险救援命令：浦口区乌江镇一加油站顶棚突然坍塌，有多人伤亡，要求中队立即赶往抢险救人。

警铃就是命令，听到警铃后的林正进，忘了和新娘子打声招呼，转身就向营前跑步集中。

车辆呼啸着冲出消防中队大院赶往事故现场，林正进隔着车窗看了一眼跑到车旁的妻子，夫妻俩默契地笑了一下。

这次救援行动一干又是8个小时，林正进和战友们

提高素质

先后成功营救出 15 名被困群众，直到 22 时 30 分，轰鸣着的消防车才驶回中队营区大院。

经过长时间高强度的紧张工作，林正进和战友们已经十分疲惫，但仍然按照战斗要求进行器材补充恢复战备状态。

第二天零时 30 分，期盼已久的婚礼终于举行了，当战友们簇拥着林正进来到新娘的面前，喝着交杯酒的那一刻，林正进夫妻都流下了激动的热泪。

在抗雪救灾的过程中，像林正进这样随时随地坚守在自己工作岗位上的消防战士很多，他们都为抗灾工作作出了巨大的贡献。

三、 打造精兵

● 有个战士爬上炮塔顶端，在分列左右的两个圆形的舱门上高兴地摆了骑马扬刀的造型，引得战友们一片叫好。

● 一声令下，两架新型战机风驰电掣直飞截击空域。两架新型战机与"敌"机在长空展开较量。

● 快艇清一色双体式结构，乍一看，像是两条小船组合在一起。快艇左右两侧的片体，仿佛一双强壮的臂膀，将艇艏托离水面，又像是一对巨大的铁翼向前伸展，冲破前行航路上的一切羁绊。

中央军委提出精兵计划

1992 年 12 月，中央军委提出，要把国防科技发展和部队装备建设放在突出地位，力争达到突发事件有准备、局部战争有保障、威慑有手段、发展有基础的建设目标，逐步实现有中国特色的武器装备现代化。

武器装备的现代化在军队建设中具有非常重要的地位和作用。

武器装备现代化是军队现代化的关键要素和主要标志，是加强军队质量建设、实现科技强军的重点工程，是构成军队战斗力的重要因素的物质基础，是获得战争主动权的重要条件和基本手段。

实践表明，在现代战争中，先进的武器装备所起的作用越来越大。谁的武器装备更先进，现代化程度更高，谁就拥有更大的主动权。

在海湾战争期间，美国利用武器装备的优势，彻底打破了二战以来的战争形势。在远离战区发射的"战斧"式巡航导弹，直接摧毁了伊拉克的国防部大楼等战略设施，而伊拉克却毫无还手之力。

伊拉克的精锐部队"共和国卫队"在美军的武装直升机面前，装备的"T－72"坦克完全失去了抵抗能力，被成队地消灭。

在以武力干涉南斯拉夫内政时，以美国为首的多国部队更是仅凭空军就打赢了一场局部战争。武器装备的发展已经成为决定战争胜利不可忽视的因素之一。

为了把武器装备搞上去，江泽民提出了许多重要观点。其中包括把刺激技术创新的竞争机制引入武器装备建设中去；要突出重点，有所为有所不为，有所赶有所不赶；集中力量搞出几手制敌的"撒手锏"武器装备，等等。

1998 年 4 月，中央军委决定组建总装备部，对武器装备建设实行集中统一领导。同时，组建新的国防科工委，建立起符合社会主义市场经济发展需要的供需分离、政企分开、产研结合、精干高效的管理体制和运行机制。

在党中央和中央军委的领导下，国防科研战线着力研制和发展符合中国特点的"撒手锏"，在航空、航天、兵器、军用电子等高技术领域，取得了一大批具有世界先进水平的成果。

党的十一届三中全会以后，邓小平根据国家工作重点转移和国际形势的新变化，从方向、道路和体制的高度，率先提出了"军民结合、平战结合、军品优先、以民养军"的 16 字方针。

党的十六届三中全会通过的《中共中央关于完善社会主义市场经济体制若干问题的决定》进一步提出：建立军民结合、寓军于民的创新机制，实现国防科技和民用科技相互促进和协调发展。

所谓"寓军于民",是指把国防科技工业发展的基础置于整个国家科技和工业的基础之中,充分利用民用科技资源为科技强军服务,是新时期军民结合事业的中心任务和国防科研生产的运行特征。

这是当时以江泽民为核心的领导集体,针对新时期武器装备建设和社会主义市场经济发展的新形势,深刻总结世界各国国防工业调整改革的大趋势和中国国防科技工业几十年发展的经验教训,提出的一个重要战略思想。

在党中央和中央军委的正确决策下,我军武器装备现代化发展过程中存在的问题得到了较好的解决。

一是解决了武器装备领导管理体制不顺的问题。即解决了领导多头、管理分散、政出多门、机构重叠的现象,总装备部的成立标志着我军武器装备领导管理体制的改革迈出了坚实的一步。

二是减小了与发达国家武器装备水平的差距。在武装攻击直升机、新式坦克,作战飞机、空中加油机,战役、战术导弹,信息收集、情报分析、指挥控制等手段上都有了长足的进步。

三是武器装备经费严重不足的问题得到了缓解。随着国家改革开放和社会主义市场经济的繁荣发展,为解决武器装备发展经费这一瓶颈问题提供了雄厚的实力,为改变我军武器装备大大落后的状态提供了强大的经济支撑。

在"撒手锏"武器的建设中，党中央和中央军委制定了正确的方针政策：

一、集中优势兵力打歼灭战，对重点项目和关键技术，组织各方面力量协同攻关。

二、有所为有所不为，有所赶有所不赶。坚持从我们国家和军队的实际出发，不片面与美国等军事强国比高低。缩短战线，突出重点，发展一些一旦突破就能对提高我军作战能力产生重大作用的武器装备和关键技术，努力实现跨越式发展，形成我军的独特优势。

三、以自力更生为主，引进为辅。把发展"撒手锏"的基点放在自力更生上，通过预期努力实现自主创新。

四、重视武器装备体系建设。充分考虑到现代高技术战争体系对抗的特点，始终坚持贯彻基本体系的思想，注重配套建设。

五、重视质量和效益。始终坚持质量第一，加强质量监督，严肃查处暴露出的质量问题。

打造精兵

在这个指导思想下，我军的"撒手锏"武器装备建设，充分考虑到我国的国情和当时世界的发展趋势，采取引进与研发相结合，合作开发与自主创新相结合，军品与民用相结合的正确举措。

　　在不到 20 年的时间里，就在陆、海、空、天及二炮装备了一大批先进的武器装备，并以此为基础建立了一批具有现代化作战能力的"撒手锏"部队。

　　"撒手锏"部队的建设，不仅提高了我国国防科技建设的能力，还加快了我国国防军工建设的转型，使国防工业在适应社会主义市场经济的条件下，再次焕发了勃勃生机；在逐步提高我军威慑能力的同时，大大加快了我军现代化建设的进程，提高了我军现代化建设的水平。

新型主战坦克装备部队

21 世纪初，由我国自行研制的第三代新型主战坦克，披红戴花，轰轰隆隆地驶进了北京军区某机械化师装甲团。

战士们敲锣打鼓像迎接新娘子一样接收新装备。看到威风凛凛的坦克，战士们爱不释手，这里瞧瞧，那里看看，脸上笑开了花。

从外形看，第三代坦克比前两代国产坦克长出不少。与 1999 年国庆阅兵中首次亮相的坦克相比，新车型最显著的变化是：车体前部装甲外面挂满了反应装甲块，炮塔前部也安装了楔形反应装甲。第三代坦克的炮塔正面采用了先进的模块式复合装甲，加上炮塔原有的装甲，厚度非常厚，再加上反应装甲，防护能力显然又得到了大幅提高。

有个战士爬上炮塔顶端，在分列左右的两个圆形的舱门上高兴地摆了骑马扬刀的造型，引得战友们一片叫好。

舱门前的观望孔引起了那个战士的注意，随车一起来的专家告诉他，左侧炮长舱门前是炮长瞄准镜，右侧车长舱门前则是一具车长瞄准镜。

在新坦克到部队之前，战士们早就从资料上了解到

打造精兵

了一些信息。

当年第三代坦克首次亮相时，炮塔顶部的种种设备曾引起人们不少猜测。最让人兴奋的是，传说中有个激光压制系统。只要敌人启动电子观瞄装置，准备对我坦克实施攻击，这个系统就会发出激光，摧毁敌人的观瞄装置，甚至能毁伤敌乘员的眼睛。

所以，他们对炮塔顶部的家伙观察得尤为仔细。

位于炮塔中后部的，是一具横风传感器，用于测定横风风速，修正火控参数。炮长舱门后的方形装置，是著名的激光压制观瞄系统。而车长舱门后的蘑菇状设备，则是不少战士都梦寐以求想搞明白的东西。

爬到炮塔上的战士拧下蘑菇状的铁罩，他惊喜地发现，里面是一组光学反射镜，原来这是激光敌我识别系统的一部分。

随着各种先进装备投入现役，探测和攻击距离大幅度提高，敌我识别也成了一个大问题。当坦克进入战斗状态时，乘员只要拧下铁罩，升高识别器位置，识别器反射对面射来的激光，便可以实现敌我识别。

听专家介绍完，虽然没有预料中的激光压制系统，但战士们依然高兴地说："有了这个家伙，就不用担心自己人的炮弹了。"说着，他们高兴地拍了拍粗大的炮筒。

听专家介绍，这种坦克炮可以一炮击穿美军 M1 型坦克。当年在海湾战场，美军的 M1 型坦克可是打得伊拉克的"T-72"坦克灰溜溜的。

战士们钻进炮塔，第一感觉是空间狭小，似乎与老式坦克没有太大区别。然而战斗室中的彩色液晶显示屏似乎在提醒战士们，这是一辆装备了车际信息系统的现代化坦克。

战斗室左侧是炮长的位置，右侧则是车长战位，两者之间是足以击穿 M1 坦克正面装甲的 125 毫米炮的炮尾，再往下是自动装弹机。战士们模拟操作了一遍，动作轻松顺畅。

坐上炮长位置，双手握住操作手柄，两眼贴近火控系统目镜，便清晰地看到一公里外的一棵白杨树，毛毛虫一样的花穗儿，随风微微颤动。

视场中央是一个圆形的环，用于火控系统自动瞄准射击；圆环下面是一个三角形的箭头，供手动射击时瞄准使用。

车长观瞄系统中看到的是同样的场景。不同的是，车长观瞄仪具有 360 度的周视能力，而且紧急情况下可以超越炮长，直接操炮射击。

可以使用多种燃料的内燃发动机声音轻快，体积庞大的坦克微微一颤，便开动起来。

虽说坦克高速行驶起来颠簸不已，但透过观瞄仪看到的景象却稳定如常。

操纵炮塔，将视场中的圆环压住目标，大约不过两秒钟的光景，火控系统便进入自动跟踪状态。

此时，不管坦克如何颠簸，目标位置如何变化，坦

打造精兵

克炮口始终稳稳地指向目标。如果此时按下击发按钮，炮弹一准会在目标正中穿个窟窿。

专家告诉战士，因为新型主战坦克带有自动跟踪系统的稳像式观瞄仪，所以无论有多颠簸，坦克炮都能稳稳地指向目标。

战士听了，高兴地一拍大腿："果然名不虚传！"

团党委在全团范围内挑选和培养优秀人才，承担换装第一线的重任。

5个月后，60余万字的新型坦克射击、通信、驾驶三大专业教材问世了。

团里自筹资金兴建了军官训练中心。

训练中心专门为新型主战坦克通信、射击、驾驶三大专业模拟训练和仿真训练设立了独立的教室和训练室。

团里还和某坦克学院联合开发了多媒体通信仿真训练软件，装备了驾驶员、炮长训练模拟器。

战士在电脑和模拟器上就可以掌握新坦克的操作技能。

训练走上了"快车道"。

一次实弹射击训练，炮长郝玉燕瞄准后，正准备击发，靶子却突然被风吹掉了一半。

郝玉燕毫不慌张，凭着感觉稍加修正，击发，靶子应声炸裂！

某次演习，坦克一连的108号车做汇报表演，课目是高速行进状态射击静止目标，打氢氧靶。

当时坦克挂着最高挡，风驰电掣一般。炮长有条不紊，迅速瞄准、测距、击发。

靶子没爆炸！没有命中？再次击发。还是没爆炸！车长于理急了，超越射击，击发！依然没有看到爆炸！

顷刻间打出3发弹，难道都没有命中？谜底在演习后才被揭开，原来是氢氧靶中的氢气漏掉了，当然怎么打都不会爆炸。但靶上已经留下3个弹孔，一发正中靶心，另两发距靶心也只有5厘米。

"火炮神医"杨富华设计的专用工具，将新型坦克火炮身管前抽更换作业，由需要7到9人至少工作2小时改进到2名炮工带领乘员工作40分钟左右。

这在战场保障方面，可是具有重要的价值和意义！

谈起自己的坐骑，装甲团的战士们个个神采飞扬，眉飞色舞。战士们说：

> 没脾气，等到了2000米，咱还能让他活着？到时候，还得靠咱冲锋打头阵。你说生存重要还是舒服重要？

团长更是对新型坦克充满信心，他和记者有这样一段满怀豪情的对话。

> 记者：白天没法体会夜战，您能不能说说第三代的夜战能力？

团长：热成像观瞄仪看到的情景有点像黑白电视，白天晚上都能用，大雾天、沙尘天，看得清清楚楚。

记者：最远能看多远？

团长：这不好说。不过可以告诉你，在内蒙古草原，有天晚上，我甚至看到过3公里外的野兔！

记者：第三代坦克一辆能打多少辆？

团长：那可没法比！2000米以外，我打59式坦克手拿把攥，59式坦克要到1000米才能开火，我的机动性又好。

记者：要是和台军的主战坦克打呢？

团长：台军的坦克相当于战后二代，我是三代，打起来它不是对手！

记者：和国外最先进的第三代坦克打呢？

团长：它能打我，我也能打它，性能上我不吃亏。真打起来还得看人，我的兵个顶个，跟谁打我都不怵！

记者：咱们的装备列装晚，训练时间短，跟人家比不吃亏吗？

团长：和外军相比，我们的考核标准还是相当高的。即使按这样的标准，我们全团的优秀率也不低于90%！

深入战士们中间就更能强烈地感受到他们对新型坦克的感情。

当初刚接车时，战士们为保养车，都不舍得穿鞋子，坦克内外擦得一尘不染，穿着白袜子上去，下车还是白袜子。团里也把新型坦克当作有生命、有情感的士兵，为那些性能突出、立下功劳的坦克颁发了"实力车"的奖牌！像一连的108号车，二连的210号车，三连的308号车……

短短数年时间，装甲团即整建制形成了战斗力！

打造精兵

共和国的
历程
·精兵之路

新型战斗机横空出世

2004 年 11 月的一天，西北大漠深处，我国自行研制的一款新型战机迎战我国引进的某型先进战机。

蓝天白云下，两架铁灰色的新型战机短距滑跑，同时跃起。天空中，它们时而腾跃、俯冲，像鹰隼般迅猛；时而盘旋、翻滚，似飞燕般灵巧。

这时，指挥部通报："敌" 4 架第三代战机以密集编队突破我防空阵地。

一声令下，两架新型战机风驰电掣直飞截击空域。两架新型战机与 "敌" 机在长空展开较量。

侧转、爬升、盘旋、俯冲……发现目标，飞行员迅速将其锁定，发射导弹，"敌机" 瞬间 "灰飞烟灭"。接着，第二轮、第三轮……

4 个回合下来，新型战机均先 "敌" 发现、先 "敌" 锁定、先 "敌" 开火，空战对抗取得 4 比 0 的全胜战绩。

飞行员走下新型战机，高兴地摘下头盔，大声说："这才是真正的战机！以前咱开的 '吉普车'，如今咱也坐上 '大奔驰' 了！"

这款新型战机就是由我国自行研制的第三代制空战斗机 "歼 - 10"。

"歼 - 10" 战斗机是我国自主研制生产的新一代多用

途战斗机，分单座、双座两种。为了它的诞生，我国军工战线的科研人员艰苦奋斗，采用了大量新设计、新技术、新工艺，创造了共和国航空史上数十个"第一"。

"歼－10"性能先进，用途广泛，实现了我国军用飞机从第二代向第三代的历史性跨越，达到了具有世界先进水平的战术技术要求，突破了以先进气动布局、数字式电传飞控系统、高度综合化航空电子系统和计算机辅助设计为代表的一系列航空关键技术。

"歼－10"的研制过程可谓是充满艰辛。

1980年初，航空工业重新制定了"更新一代、研制一代、预研一代"的发展方针，即用较先进的"歼－7"、"歼－8"替代部分老式战机；研制"歼－7"、"歼－8"的后继改进型；以"米格－29"、"苏－27"为主要作战目标，预研能够满足2000年前后作战需要的先进战斗机。

1982年，时任中央军委主席的邓小平听了国防科工委副主任邹家华的汇报后，提出要搞一个新的具有自主知识产权的飞机，投资5个亿。研制任务交给成都飞机设计研究所。

1986年1月，国务院、中央军委联合下发文件，批准"歼－10"立项研制，代号为10号工程。工程定位当时世界上最先进的战斗机，美国的"F－16"。

这个差距是很大的。在当时国内一些专家看来，追赶"F－16"望尘莫及。当时中国最先进的"歼－8"战

打造精兵

共和国的**历程**·精兵之路

机，也只是二代机，而先进的第三代战机美国的"F－15"、"F－16"和苏联"米格－29"已经开始装备并应用实战。

在"歼－10"的设计中，中国首次采用现代飞机设计理念，把人和系统放到一起进行研究，以达到人机一体。设计更人性化，飞行员一进座舱，没有不舒服的地方。

研制新型战机要有试飞员，经过在全空军范围内反复筛选，24 人进入试飞员的考核。

第一次上课，飞行员们全都目瞪口呆。这样的飞机从来没见过！"歼－10"全部使用计算机操纵，这对早已习惯第一、二代飞机拉杆、蹬舵的飞行员来说，是一个全新的领域。

从第二代机械传动战机到第三代数字电传飞机，跨越非常大。从气动外形布局到数字式电传飞控系统，从综合化航电系统到计算机辅助设计，"歼－10"完全脱胎换骨，仅新成品率高达 60%。虽然所有的试飞员都是空军里选拔出来的精英中的精英，但他们一切都要从零开始。

1993 年，雷强等 5 人脱颖而出，被确定为"首席试飞员小组"成员。这一年，品质模拟试验台建成，上面的模拟器操作逻辑、灯光照明和座舱内所有设备都跟真飞机完全一样，试飞员还可以演练不同气象条件、不同特情的飞行状态。

在飞机研制过程中，试飞员成为飞机研制的重要参与者。设计人员没有空中感觉，只能依靠飞行员反馈信息，反复改动，不断完善。

仅就新型战机的座舱、起落架等方面的改进，他们就提出了近千条建议。

不仅如此，他们还直接参与设计，飞机的手柄、油门杆等都是他们用橡皮泥一点一点捏出来的。

1997 年 11 月，"歼 – 10"样机终于停在了起跑线上。雷强被确定为首飞飞行员。

1998 年 3 月 23 日，是"歼 – 10"样机首飞的日子。

成都军区温江机场上人头攒动。停机坪上，一架黄色涂装、具有鸭式结构布局的新型战机悄然在位。

点火、滑出、加速、拉杆，飞机跃出地平线，刺向蓝天。

战机绕着机场飞了 3 圈后，雷强发现油料还有剩余，就请示再飞一圈。

20 分钟后，新型战机在空中画出一道弧线，平稳降落在跑道上，整个机场一片沸腾。"这才叫真正的战斗机！"走下飞机的雷强无比兴奋。

首飞仅仅是成功的第一步。试飞员们接下来的工作是对战机进行反复检验，使设计缺陷逐一得到暴露、修改，为战机定型做准备，也为以后飞行员的操作提供依据。

1999 年，何斌斌等第二批 4 名试飞员进入型号调整

试飞，这是更大强度的试飞，即飞出极限值，新型战机的性能才能得到拓展，战斗力才能得到提升。因为是极限情况，在第三代飞机的研制过程中，国外无一例外都摔过飞机。

何斌斌在一次返航时遇到黄沙袭击，地面风速达到每秒 14 米。

这时，何斌斌把速度加到 280 公里，用集团法、航向法判断飞机姿态，稳稳地操控飞机降落。

根据这次飞行经验，何斌斌写了《大侧风飞行方法》，"'歼－10'的抗侧风性能成倍数增加"。

"低空大表速"试飞，考验飞机结构强度的可靠性和颤震特性。低空大气稠密，飞机速度越快，速压越大，一旦越过临界点就会导致飞机解体。"低空大表速"就是要在飞机不解体的前提下，飞出飞机速度所能达到的最大逼近值。

据统计，国外试飞这个课目解体摔掉的飞机不下 50 架。俄罗斯第一架"苏－27"试飞就发生了机毁人亡的惨剧。

试飞员李中华为了探索极限值，他一点点增加速度。

在此过程中，先后出现过前起落架护板发生扭曲变形、机翼前沿的铆钉因为载荷太大而被吸出等问题。这些问题让每一个架次都变得非常揪心，再往下飞会产生什么后果，谁心里都没有底。

2003 年 12 月 1 日，李中华向"低空大表速"极限值发出挑战。

他从万米高空以向下 25 度角度，全加力、超音速状态向下俯冲。随着飞机加速，他感到血往上涌，身体承受的压力越来越大。当速度达到每秒 120 米时，"就像坠入无底的深渊，被丢在了无边的黑暗寂静世界"。

地面监控室里，当监视器显示飞机速压已超过了 9000 公斤时，时任中国飞行试验研究院院长的沙长安，形容他当时头发一根根都竖了起来。

油料往发动机里倾泼，大气与机身急剧摩擦产生的刺耳噪声盖过了发动机的轰鸣。李中华咬紧牙关，距地面不到千米时，他扫视了一下显示屏：速度完全达到并超过了飞机的设计值。他拉起杆，飞机机头瞬间扬起，重新驶入天空。

这一飞，创造了国产飞机在大气层最快飞行速度的纪录，超过了运载"神六"的火箭在大气层中每小时 1300 公里的速度。

空中实弹打靶试验风险性极强，就像试飞员坐在了火药桶上，如果导弹点火后发射不成功，将对试飞员和飞机构成严重威胁。

空军某飞行大队副大队长梁万俊，执行"歼-10"飞机第一枚导弹发射的试飞任务。

新型战机飞到靶场上空。一颗照明弹倏然发射，在空中变成一团火球。运用先进的机载雷达搜索，梁万俊很快截获并锁定目标，判断时机后按下发射按钮。导弹

裹挟着一股白烟直扑目标，耀眼的火球顿时凌空爆炸，散成点点碎片。

一年之后，我国新型空空导弹研制成功，试飞员徐勇凌负责驾驶新型战机进行靶试。

发射前，试飞员徐勇凌信心百倍。他给试飞总师发短信："靶试成功，误差5米以内。"

然而，事情一开始并不顺利：导弹相继发生引导头问题和信号衰减问题，在通电检查时还把导弹部件烧掉了。经过一番周折才决定进行发射。首发成功，第二枚却脱靶。

2003年12月21日和23日，徐勇凌两次升空，导弹发射成功。

25日，剩下最后一枚导弹，目标是我国自行研制的超音速靶机。发射按钮一按，导弹喷吐着长长的火舌，直接钻进靶机尾喷管里，凌空爆炸。

国产第三代战机的定型试飞画上了句号。

定型不久，中国第三代新型战机正式装备部队，"歼－10"双座机，"歼－10"改进型、海军型正全面推进。

时年已经74岁的设计师宋文骢院士，动情地说："从1986年的第一张草图，到今天喷上'八一'军徽，我们的'歼－10'已经18年了，它长大了，参军了，交给部队了！"

2006年12月29日，就在"歼－10"揭秘的这一天，国务院新闻办公室发表《2006年中国的国防》白皮书指出：

中国空军着眼于建设一支攻防兼备的信息化空中作战力量，减少作战飞机总量，重点发展新型战斗机、防空反导武器，加强指挥控制系统建设。

"歼-10"研制成功，意义非凡。在研制之初，它就被列为国家重大专项国防重点装备，并作为"我空军未来战争夺取空中优势、实施战役突击的战略性武器"。

军方人士称，"歼-10"已经成为现役我国最先进的主力战斗机，是制敌取胜的"撒手锏"。它实现了中国空军武器装备从数量规模型到质量效益型的跨越，为未来在高科技条件下夺取制空权、打赢局部战争创造了条件。

打造精兵

导弹艇练就海上狙杀本领

2009年2月末的黄海，海浪滔滔，风卷残云。一场复杂电磁环境下的全系统防御与导弹攻击模拟演练拉开了帷幕。

海军北海舰队某导弹艇大队3艘新型导弹艇，利剑般划开碧涛，驶向大海深处。涂装海洋蓝白灰黑迷彩的新型导弹快艇轻犁碎浪，快速游弋。

过往船只上的人们纷纷侧目，好奇地打量着这些造型独特的快艇。

快艇清一色双体式结构，乍一看，像是两条小船组合在一起。快艇左右两侧的片体，仿佛一双强壮的臂膀，将艇艏托离水面，又像是一对巨大的铁翼向前伸展，冲破前行航路上的一切羁绊。

然而，人们并不知道，这些外观赏心悦目的小艇，其实是攻击力惊人的某新型导弹快艇。

新型导弹快艇的外观设计，可不是为了好看。蓝白灰黑相间的海洋迷彩，是最好的保护色。海天一碧，外形小巧的导弹快艇与万顷波涛融为一体，从高空上看很难被发现，可以有效规避光学侦察。艇体采用了特殊材料和隐身设计，具有良好的隐身性能。

利用这一隐身优势，导弹快艇编队混杂在过往船只当中，向目标海域悄悄挺进。在对方的侦察雷达屏幕上，新型导弹艇就是几条不起眼的小渔船。

新型导弹快艇是新世纪人民海军现代化程度最高的装备之一。它集高新技术于一身，仅动力系统就涉及计算机、微电子、自动控制等 10 多门学科。官兵们需要操纵的仪器设备是由全国 10 多个科研院所共同设计完成的。

该型导弹快艇是我国自行研制的新一代海上主战装备，在近海攻击作战中将扮演"拳头"的角色。

从部队当年完成各项重大实兵实弹演习来看，该型导弹快艇速度快、隐身性好、机动性强、打击射程远，具备了较强的综合作战性能，能够完成上级赋予的各项使命任务。

另外，该型导弹快艇电子设备先进、信息化程度高，在未来海战中，如果加强与军兵种的联合作战，达成海、空、天一体化信息资源的共享，实现多种方式对敌进行隐蔽性远程攻击，必将发挥更大的作用。

它们像是一群"海上花豹"，在看似无意的游弋中，敏锐地捕捉猎物的信息，随时准备发动迅雷不及掩耳的攻击。

快艇编队驶入训练海区，一场复杂条件下的海上对抗演练，悄然拉开帷幕。

"敌"大型舰艇编队在空中战机支援掩护下，企图突破我海上封锁区。我新型快艇编队受命，与其他海上作

打造精兵

战兵力一起对"敌"舰艇编队实施打击。

指挥艇舱室里,弥漫着紧张的战斗气息。传令声、仪器信号声不绝于耳。航海兵瞪大眼睛观察着海面,雷达兵全神贯注紧盯着雷达屏幕。

很快,导弹快艇编队抵达某岛湾。此处离"敌"编队必经航线距离适当,编队利用天然屏障抛锚,隐蔽待机。"海上花豹"安静地潜伏下来,等待着捕捉"猎物"的最佳时机。

前方报告:"目标到达预定海域!"

"隐蔽接敌!"在将"敌情"信息与上级通报比对一致后,指挥员果断下令。

岛湾航道狭小,周边水域陌生。然而,这些并没有难住新型导弹快艇。只见艇艉喷水动力装置飞速转动,浪花飞溅,快艇在狭窄的航道来了个原地180度转向,随后快速驶出岛湾。

10时许,在警戒机引导下,新型导弹艇编队高速奔袭,迅速进入战斗准备状态。

某艇报务班长王亮报告:"**数据链已同步,战术台已接收目标信息。**"

"目标敌驱护舰编队位于我方位××,距离××!"

战斗警报声骤然响起。"各战位迅速进入战斗准备状态!"

"导弹攻击部署!1、2、3、4号导弹开始发射前检查!"

"××导弹装定平飞××米、××海情!"艇长的命令犹如连珠炮,现场气氛紧张至极。

艇长一边进行"敌"情威胁解算、一边下令装定攻击要素诸元。不一会儿,他果断下令:"导弹攻击准备!"

在夜色掩护下,新型导弹快艇编队神不知鬼不觉地向"敌"舰艇编队接近。××时××分,我编队接近预定攻击海域。

"全速前进!"指挥员下达命令。

刹那间,新型导弹快艇尾部喷出两股巨大的水柱,"海上花豹"如离弦之箭,向"猎物"扑去。

"海上花豹"的速度超乎想象,"猎物"完全没有时间逃脱。很快,目标进入了我导弹快艇编队的最佳射程。

一声令下,编队迅速排成发射阵形,隐身罩门同时打开。瞬间,6枚导弹呼啸而去。

很快,编队接到前方侦察信息:导弹全部命中目标,重创"敌"舰艇编队。

战斗并未结束。

"敌"支援兵力发现我导弹快艇编队的行踪后,向我导弹快艇编队发动了反击。

我导弹快艇编队立即启动应急防御模式。一层水幕将导弹快艇严严实实地遮盖起来,有效地减少了红外辐射,使"敌"导弹无法追踪。

乘此时机,"海上花豹"利用无可比拟的"奔跑"速度,迅速摆脱险境,高歌凯旋。

打造精兵

新型导弹艇是我军新世纪海上狙杀利器。

它机动灵活、隐身性能好、船身小、速度快、火力猛，在数据链共享的前提下，可以实现超视距打击。

装备的超音速反舰导弹可以轻易将大型舰船炸成两截。

它好像是潜伏在海上的狙击手，只要敌人一出现就施展远距离的狙杀，让敌人一弹毙命。

四、 联勤保障

● 会议室其他三面墙上挂满了大幅的"大联勤改革试点准备工作实施计划"、"战区部队试点工作统筹图"、"大联勤保障供应关系示意图"、"战区三军部队部署图"等一系列图表。

● 一朵朵伞花穿云而出，飘荡着落在地上，15名空降特种兵出现在灾民面前。

● 从部队进入阅兵村开始训练到9月初，修理队已为受阅部队修鞋8300多双。

总后筹划联勤试点方案

2002 年 10 月，原成都军区司令员廖锡龙上将调任总后勤部任部长。

当时，中央军委和总后勤部正在筹划 2005 年前军队体制编制调整改革，总后勤部的三项论证任务之一，就是拿出深化军队联勤体制改革的论证意见。

"建立三军一体，军民兼容，平战结合的联勤体制"是党的"十六大"提出的国防和军队建设的重要任务之一，也是党的三代领导核心的一贯战略思想。

三军大联勤的设想，最早是由周恩来总理于 1952 年提的。

周恩来当时要求军队：

> 要探索三军统供联勤之路，实行三军联勤体制。

为实现这个设想，数代共和国军人为之进行了不懈的努力。

1955 年，我军在旅大警备区进行了划区供应改革；1971 年，在粤东地区进行了三军划区供应改革；1983 年，在济南军区进行了三军后勤保障体制改革；1988 年，在驻海南岛部队试行了网络型划区保障改革。

由于条件一直不成熟，后勤保障体制改革试了又试，走走停停，都没有取得实质性进展。直到 2000 年，在全军实行的以军区为基础、统供与专供相结合的联勤体制改革，才在改革范围和力度上实现了新的突破。

但由于受当时诸多因素制约，改革还是初步的，范围还很小，运行机制还不顺畅。

到 20 世纪 90 年代末，我军后勤在总体上仍然属于传统后勤，或者说是机械化半机械化的后勤，与保障信息化战争的要求存在着"代差"。

其中一个突出的问题是后勤保障三军自成体系、条块分割、资源分散的局面还没有彻底打破，难以适应未来高度一体化战争的保障要求。

推进三军后勤保障一体化改革的"接力棒"，传到了共和国新世纪军人的手中。作为新到任的总后勤部部长，廖锡龙为自己能赶上这一轮联勤改革，既感到振奋也有些担心。

廖锡龙感到振奋的是，花甲之年还能有如此难得的机遇，可以为我军后勤现代化建设出一份力；担心的是，虽然自己从军近 50 年，但还没有直接干过后勤工作。

作为一名新兵，廖锡龙头脑中有许多问题：联勤体制改革这件带有方向性、全局性的大事该从哪里抓起？如何一步一个脚印地向前推进……

作为从战争中成长起来的军人，廖锡龙从来都不怕困难。他下定决心，在干中学、学中干。

廖锡龙首先静下心来读书，以历史为鉴。

历史提供了丰富的素材，通过对这些素材的整理和加工，廖锡龙更加坚定了实现我军三军大联勤的决心。

与此同时，作为共和国优秀的军人，廖锡龙还以战略家的眼光，看到了迎面而来的问题。

廖锡龙在一篇文章中写道：

> 深化联勤体制改革，必然要打破现有体制框架和资源配置结构，必然要牵扯各方面的利益调整，制约因素很多，难度可想而知。

廖锡龙上任一个多月后，总后勤部党委中心组用两周时间，结合学习党的"十六大"精神，认真学习了江泽民主席关于我军联勤改革的一系列重要论述，深入理解、把握建立和完善三军一体、军民兼容、平战结合联勤体制的实质和内涵，明确任务，理清思路。

党委一班人联系国家建设、军队建设和后勤建设的历史经验，讲认识、谈体会，形成了三点共识：

> 千任务、万任务，发展是第一要务；千条线、万条线，解放思想、实事求是、与时俱进是第一主线；千困难、万困难，只要化挑战为机遇、变压力为动力、以改革求活力、以创新

求发展，就不怕难。

为搞好联勤体制改革，总后勤部领导决心首先摸清"河里的石头"。

2002 年底和 2003 年初，根据中央军委关于体制编制调整改革的总体部署，总后勤部就联勤体制改革中的若干重大问题，两次在全军范围内展开调研。

各军区、军兵种和军事科学院、国防大学等大单位提供了反馈意见，总后勤部对这些意见进行了梳理，总结为三个主要问题：

第一个问题是：联勤模式是"总部联"还是"战区联"，这两种模式无论改革范围还是涉及矛盾都有所不同；

第二个问题是：联勤要不要"联计划"，这涉及建制系统和联勤系统的重大利益关系调整；

第三个问题是：改革步骤是分步实施还是一步到位，这关系部队对改革的承受能力和安全稳定。

目标确定了，"石头"摸到了，廖锡龙开始带领后勤部的同志，迈出联勤体制改革第一步，拿出方案建议。

2003 年 3 月 20 日，总后勤部领导办公会议召开，专题研究这个问题。原计划开半天的会，结果开了一天半。

在会上，人们认真学习和领会了中央军委的决策意图，深入研究机关和部队的实际情况，充分发表意见。得到的结论是：

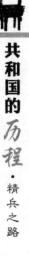
这次联勤改革是在军队领导指挥体制未变、军费供求矛盾仍很突出、军事斗争准备任务繁重的大背景下进行的，必须贯彻积极稳妥的原则。

既要加大改革的力度，又要考虑各方面的承受程度，把各种矛盾和困难想深一些、想全一些、想细一些，以对历史负责、对战争负责、对广大官兵负责的态度，向中央军委上报一个切实可行的改革方案。

在总后勤部积极筹划联勤体制改革的同时，中央军委也在对这个问题进行深入的思考。2003 年 5 月，中央军委明确提出：

先选择一至两个战区按照"战区联"模式搞试点，摸索经验后再在全军推开。

这为总后勤部解决了三个问题中的两个。中央军委领导还亲自做工作，在全军强调联勤体制改革的重要性和必要性。

中央军委郭伯雄副主席在各种会议上反复讲：

联勤体制改革是全军体制编制调整改革的

重要方面，同志们要站在军队建设全局上看问题，跳出本位主义、个人主义的小圈子。有些事情在局部上做出了牺牲，但对全局有利，这种牺牲就是值得的、必需的。

中央军委的支持，进一步促进了联勤体制改革的步伐。2003年6月上中旬，廖锡龙先后到北京军区和海军、空军、第二炮兵等单位，与其主要领导同志进行了座谈交流，各单位领导一致赞成改革。

对于中央军委提出的"试点"，廖锡龙和同志们经过反复研究论证，提出了在济南战区进行大联勤改革试点的意见。

之所以选择在济南战区搞试点，主要是考虑济南战区军兵种部队比较齐全，历次保障体制改革试验搞得不错，在该战区试点既有代表性也有把握性。

这样，在中央军委领导的支持下，经过一番调查研究，召开了一系列的座谈会和研讨会后，2003年6月27日，总后勤部正式呈报了"试点方案"。

廖锡龙把这个"试点方案"与2000年建立的联勤体制相比较，总结出了5个方面的进步：

联勤机关"三军合编"名副其实，军兵种干部比例大幅增加。

保障实体"统管共用"比较彻底，体现了

集中集约使用原则。

供应保障"通专一体"，联勤范围进一步扩大。

后勤管理"分工协作"符合现代管理理念，有利于建立多边协作、纵横结合的矩阵式管理模式。

精简机构力度较大，可精简各类保障机构25个，有效解决"对门库、隔墙库"和一个城市多家医院、疗养院等重复建设、资源浪费问题。

"试点方案"经中央军委批准，9月22日以四总部名义颁发执行。

全军启动联勤试点体制

按照中央军委的部署，这次改革试点由总后勤部牵头，其他总部配合。

同时，成立全军大联勤改革试点领导小组，由廖锡龙担任组长，时任总后副部长的温光春同志、济南军区副司令员丁寿岳同志为副组长，四总部有关部门、济南军区联勤部、军兵种后勤部各一名领导为成员，具体组织领导试点工作。

试点按照"一年准备、两年运行"的步骤组织实施。

所谓"一年准备"，就是从 2003 年 7 月 1 日至 2004 年 6 月 30 日，要完成联勤机关组建、保障实体归并、供应关系调整、联勤法规制定和干部选配及分流安置等一系列工作，其突出特点是"撤、并、降、改、调"，矛盾多、难度大。

2004 年 2 月 11 日，济南军区组织的大联勤改革试点领导小组第一次会议在济南召开。廖锡龙和温光春出席了会议。

一走进会议室，廖锡龙就感受到了浓浓的"战争气氛"。

会议室被布置得如同一个作战指挥室，除正面墙上的会标外，其他三面墙上挂满了大幅的"大联勤改革试

点准备工作实施计划"、"战区部队试点工作统筹图"、"大联勤保障供应关系示意图"、"战区三军部队部署图"等一系列图表。

看到满墙的图表，看到联勤部司令部一些参谋人员眼中密布的血丝，廖锡龙想，为了这些准备，真不知道他们又加了多少个夜班，他们是在像打仗一样搞联勤体制改革试点啊！

在会上，时任济南军区司令员的陈炳德介绍了前一段战区试点准备情况。北海舰队、济南军区空军、第二炮兵某基地与会领导，分别介绍了本单位的准备工作。听了以后，廖锡龙心中松了一口气。

济南战区各军兵种部队从领导到机关，对改革认识高、行动快，开局好，这让廖锡龙如释重负，心中的压力明显减轻。

在发言时，廖锡龙讲了 3 句话：

> 大联勤改革是党中央、中央军委和江泽民主席的战略决策，意义重大深远，各级必须深入学习理解，自觉贯彻执行。
>
> 人说"万事开头难"，从前一段工作看，只要我们上下齐心协力就可以排除万难。
>
> 改革刚刚起步，更艰巨的任务还在后头，要下定决心、坚定信心、一往无前、务求必成。

在后续几个月的准备过程中，战区联勤机关组建、后勤机关和保障实体撤并移交、后勤计划接口和保障接口调整、联勤法规制定等大事，在各级各方面的共同努力下，都按照"试点方案"明确的时间节点完成了任务。

2004年7月1日，按照军委的要求，大联勤试点体制按时启动，实现了第一阶段的工作目标。

联勤保障

济南军区成为联勤试点单位

按照中央军委部署，从试点体制启动到 2006 年 6 月底，联勤体制要进行为期两年的运行，通过组织三军一体化保障，检验新体制的可行性。

在新体制启动当天，廖锡龙和温光春会同联勤部领导，对下一步工作形势进行了分析。

大家谈到，实行新的联勤体制，战区几十万部队一下子全部由联勤系统保障，任务很重。特别是军兵种特勤保障要求高，新旧体制处在交替磨合期，"办后勤"与"用后勤"的思想观念将会发生激烈碰撞，深层次矛盾问题会进一步凸现。

对此，廖锡龙说：

> 我们的工作要更精细、更到位，尤其要适应军兵种保障特点、关注特殊、研究特殊、保障好特殊。要善于用"望远镜"看问题、用"放大镜"找问题、用超常措施解难题。

廖锡龙还把新体制运行的前半年比作"高危期"，要求总部机关做到跟踪指导不断线。为此，2004 年，温光春副部长带总后机关的同志先后 5 次到济南战区调研，有一次连续蹲了 40 多天。

济南军区对联勤试点非常重视。试点期间，济南军区司令员范长龙、政委刘冬冬始终坚持把试点工作当作大事来抓，定期听取汇报，把握改革进程。

时任济南军区副司令员的钟声琴站在一线组织领导。时任济南军区联勤部部长的张振德，虽临近退休年龄，仍全身心投入试点工作，跑遍了战区军兵种基层部队，多次带联勤部二级部主要领导到军兵种后勤领导机关走访征求意见，及时改进联勤保障工作。

胡锦涛主席和中央军委首长对大联勤改革试点高度重视，十分关注。

2005 年 4 月，胡锦涛主席明确指出：

> 要做好济南战区大联勤体制改革统一思想的工作，对保障对象单位提出的意见要认真研究解决，三军后勤保障一体化的改革方向必须坚持。

中央军委郭伯雄副主席先后 5 次就试点工作作出批示，并在济南战区调研期间亲自了解试点运行情况，反复要求继续抓紧抓好试点工作，统一思想、协调矛盾、解决问题，推进改革试点深入进行，务必实现预期目的。曹刚川副主席、徐才厚副主席对试点工作也提出了明确要求。

试点领导小组及时召开会议，认真学习贯彻胡锦涛主席和中央军委首长的指示要求，冷静分析试点形势，达成共识。会上形成了两条决议：

一要把准改革方向，对部队反映涉及体制编制方面的问题暂不作调整，以便深入地搞好改革试验，同时做好统一思想认识的工作。

二要解决问题，确保试点期间部队的供应保障不受影响。

会后，总部机关急事急办、特事特办，多次到部队面对面协调解决各种困难和问题，组织力量对试点前期颁发的13件大联勤法规作了系统修订，弥补了"缺项"和"短板"，进一步规范了新体制运行。

随着联勤试点工作的稳步推进，济南军区的后勤形势发生了可喜的变化。在举世瞩目的"和平使命－2005"军事演习中，联勤保障发挥了巨大的作用。

这次演习，中俄两军参演近两万人，涉及三军，地域广阔、情况复杂、保障要求很高。

演习过程中，虽然一度出现职责不够明确、保障渠道不够顺畅等问题，但经及时调整，圆满完成了演习保障任务。尤其在紧急抢建某军用机场停机坪、应急筹措供应大宗物资器材等方面，较好地发挥了新体制集中集约、三军一体、军地联合的保障优势。参演部队，包括俄军，从不同角度给予了肯定。

大联勤试点取得成功

2006 年下半年，由时任军事科学院副院长的徐根初牵头组成的专家组，按照 3 级指标体系和 61 项标准，对三年改革试点情况进行了全面评估，得出的结论是：

> 济南战区大联勤试点体制顺利建立，有效探索了三军后勤一体化保障的经验，试点是成功的，但深化改革的任务仍很艰巨。

在此基础上，试点领导小组综合济南军区、海军、空军、第二炮兵的意见，向中央军委呈报了试点工作总结报告。

2006 年 12 月，胡锦涛主席指出：

> 济南战区大联勤试点工作进展顺利，试点方案得到全面落实，改革效益逐步显现，标志着联勤改革向三军后勤保障一体化目标迈出了新的步伐。

顺利通过评估，胡锦涛主席予以充分肯定，这给了试点领导小组极大的鼓舞。他们在广泛征求各方面意见

联勤保障

后，认为应先把试点体制搞完善，在适当时机、更大范围内推开改革。由此，拟定下一步改革的主题是"在济南战区正式实行大联勤体制"。

2007年2月4日，试点领导小组向中央军委呈报了调整优化试点体制的实施方案。同月12日，胡锦涛主席亲自批准了这个方案，并明确指示：

> 先在济南战区正式实行大联勤体制，要继续深化改革，搞好理论研究和实践验证，为下一步在全军推开积累经验。

由此，我军实施大联勤进入了新的发展阶段。

2007年下半年，我军首个三军联勤保障互动平台建设将正式启动，依托先进的信息指挥系统，战区范围内联筹、联供、联储、联运、联修、联训、联医，"十一五"时期，将逐步实现信息互通、资源互用、优势互补、三军互动……

联勤改革带来最直接的成果是：方便了部队，收缩了摊子，从体制上解决了过去长期存在的分供保障、效能不高的问题。三军联勤之下，后勤保障实现了由"办后勤"到"用后勤"的转变，为赢得未来战争奠定了联合保障的基础。

进行联勤保障实兵演习

2007年9月2日，由济南战区组织的"联合－2007"实兵演习在胶南某地展开。

在胶南某山谷崎岖的道路上，一队运输车在硝烟中穿行。突然，在前不着村后不挨店的山路旁，担负远程输送作战物资的车队前进途中遭"敌"袭击，伴随保障的油罐车被"敌"毁伤，整个车队因缺乏燃料无法前进，陷入易受"敌"攻击的危险境地。

危急时刻，指挥员立即通过联合保障指挥部呼叫直升机进行油料补充。不大工夫，两架直升机由远及近，盘旋在车队上空，从数百公里外的联勤保障基地把油料空投到作战地域。

在演习现场，部队机动、装载、航渡、进攻战斗等各个环节，一体化联合保障网络始终伴随演习全程，从油料补给、饮食供应、卫生防护等多个方面，实现了作战区域内对诸军兵种的联合保障，充分发挥了大联勤保障模式高效快捷的作用。

海军某陆战旅登陆山东半岛，大联勤部队为他们安排好供给，再也不用自己带营具、买粮食。空军空降兵一落地，大联勤油库已经将输油管铺设至营地。隆隆炮声中，大联勤野战救护队、海上医疗队、空中直升机医

共和国的 历程

· 精兵之路

疗救护组构成立体救护网。

在这次联合演习中，部队依托军事训练协作区，打破了军兵种间相对独立的保障体系，重新编组使用保障力量，成立了由联勤分部、海军基地和地方军供机构多家组成的联合保障中心，构建了一体化的综合后勤保障网络，为协作区内的三军部队提供了快捷的后勤保障。

在谈及演习中的后勤保障时，时任联合演习副总导演、某集团军后勤部部长尹志强骄傲地说：

> "联合－2007"实兵演习是以空中和地面相结合的三军统一立体保障模式，采取定点保障、伴随保障、跟进保障等多种方式，实现了三军联勤无缝隙保障，发挥了三军联勤的保障快捷高效。

三军联勤战胜地震灾害

2008 年 5 月 12 日，四川省汶川县发生里氏 8.0 级的特大地震，山川被撕裂，河流被截断，数十万人民群众的生命财产危在旦夕。

紧急时刻，党中央作出决定，派出 13 万子弟兵开赴灾区，抗震救灾。13 万人从全国各地短时间内拥向山沟里的弹丸之地，不仅要解决战斗和运输的问题，还要解决他们的吃、喝、住等诸多生活问题。这向人民军队的后勤保障能力提出了严峻挑战。

世界在关注着 13 万救援大军的自身保障能力。中国军队能否打赢这场后勤保障的战役，许多人正虎视眈眈地将目光聚焦在这支庞大救援部队的后勤保障上。

面对着这样一支庞大的救援部队和数十万失去家园的受灾群众，一些境外军事观察家断言：中国将无力完成这样大规模的后勤保障，他们将很快陷入绝境。

这场新中国成立以来破坏性最强的地震灾难，在检验着人民军队的后勤保障能力。

震后不到两小时，人民解放军总后勤部迅速启动军交保障应急预案，调集铁路、公路、水路、航空等战时运输保障力量，构筑起立体通道。

一时间，灾区军用机场全部紧急开放，来自华北、

联勤保障

中原各地的上万大军搭乘200余架次大中型运输机、数十架各型直升机呼啸出征。近百班次军列、上万台次车辆，穿山越岭，星夜兼程。

海军陆战队某旅从南海之滨长途摩托化行军，43小时纵贯半个中国；上万名武警部队官兵铁路输送、摩托化机动，千里驰援。

一架架穿云破雾的大型运输机、直升机，一列列高速行驶的专列，一支支摩托化开进的车队，将人员、物资及时准确、源源不断地运抵救灾第一线。

灾区道路被毁，人员车辆进不去，灾民望着雾蒙蒙的天空伸出双手，祈求救助。

云层后面传来飞机的轰鸣声，抱着脑袋蹲在地上的灾民立刻站了起来，眼睛搜索着天空。不久，一朵朵伞花穿云而出，飘荡着落在地上，15名空降特种兵出现在灾民面前。

"解放军来了！我们有救了！"人群中响起一阵阵欢呼。

特种兵们拿出随身携带的干粮和饮水分给灾民，握着灾民的手说："同志们，不要惊慌，政府正在采取措施，救援部队很快就会进来……"这话语似一股暖流冲散了灾难的阴霾，化作泪雨在所有灾民脸上滂沱而下。

通信基站已经被毁，有线电话和无线通信已经彻底中断，如何向外界传递灾情呢？

只见特种兵们从背囊中拿出电话，架起伞状的天线，搜索已经机动到头顶的通信卫星。很快，特种兵就与抗震救灾指挥部取得了联系："灾区还有人，道路房屋损毁严重，水、电等生活保障设施被毁，急需食品、饮水、药品和帐篷……"

灾情通过电波传到了指挥部，传到了党中央，为抗震救灾决策提供了第一份宝贵的情报。

很快，数万救援官兵来了，军用食品、药品、帐篷来了，医疗队、防疫队来了……

数万平方公里的救灾区域内，野战兵站、野战医院、医疗救护所、临时加油站、军粮供应站，在废墟之上、在危楼之侧林立而起，形成了一个强大的三军联勤保障网络。

三军一体，不分陆海空、不分你我他，三军联筹、联运、联供、联医、联修，哪里有灾情保障就展开在哪里，哪里有部队保障就跟进到哪里，哪里有需求保障就延伸到哪里。人民军队的后勤保障人员，勇敢地接受了这场大规模非军事行动的检验。

联勤保障

把生命之水运进灾区

汶川地震发生后，供水系统破坏，水质污染严重，灾区面临严重的水荒。"有水，生命至少可以延续 7 日；无水，只能存活 3 天。"救灾专家的话像铁锤一样重重地击打在官兵们的心中，这是一场同时间赛跑的严酷战斗。

陆军航空兵紧急起飞，向灾区投送饮水；运输机空投物资，将一箱箱矿泉水投向灾区……空中投送食物和水只能暂时缓解群众的燃眉之急。而灾区需要更多的水，抢救伤员需要水，救灾大军需要水，灾区人民需要水。

需要水支援的紧急报告，牵动着党中央、国务院、中央军委的心。军委、总部首长指示，要在最短的时间内解决灾区群众和救灾大军的饮水问题！

2008 年 5 月 14 日 7 时，一支支由野战净水车、淋浴车及各类保障车辆组成的野战供水站、洗浴站，冒着余震、滑坡、泥石流等威胁，火速向都江堰、绵竹、北川、青川等灾区开进。

由于都江堰至汶川的道路毁损严重，短时间内难以抢通。为解决汶川、理县、茂县受灾群众和救灾官兵的供水、洗浴问题，成都军区联勤部果断决定：绕道从川藏线翻越夹金山进入震中区。

川藏线素以艰险著称，特别是地震发生后，更是成为一条"死亡之线"。

从宝兴县至理县、茂县的路段更是险象环生，运输车队行驶其间，不小心就可能被飞石击中、泥石流掩埋，稍不留神，就可能坠入深谷，车毁人亡。

面对艰难险阻，解放军官兵义无反顾地踏上了征程，他们要在"死亡之线"建设灾区人民的"生命之线"。

一路上，飞石、泥石流、滑坡等险情不断，由于强烈的地震之后，空气中夹杂着很多的灰尘，能见度不足5米，车队每前进一步就像跨过一道"鬼门关"。

山体塌方，半座山的泥土堆在公路上。道路抢修分队紧急行动，迅速开辟通路。泥土被挖开，一辆民用卡车露了出来，被推到了路边。

车队迅速通过，官兵们在经过那辆卡车时看到了遇难者的尸体，他还保持着握方向盘的姿势。

尽管如此，官兵们也没有停下脚步，他们明白，灾区人民和救援部队正在承受缺水的煎熬，正在焦急地等着他们的救命水。经过两昼夜的艰难跋涉，他们终于走出了"死亡谷"，把"生命之源"送到了灾区人民和救援官兵们的手里。

灾区的水源受到污染，平日全村人赖以生存的水井已经不能饮用。望着混浊发臭的井水，灾民们愁眉不展，嗓子都快冒烟了，可眼前这水就是不能喝。

"只要有水，啥都好办！"灾民感叹。从废墟里找到的粮食还能吃，但没有水，怎么吃？伤员的伤口需要清洗，但没有水，怎么办？

这时，子弟兵再次伸出援助之手。他们带来了净水设备，一股股干净的水从水管中汩汩而出，在阳光下闪闪发亮。

由于公路损毁，不是每一辆野战净水车都能开进村庄。于是，子弟兵们徒步行军，走村入户，为灾民送去便携式净水器。这种净水器通过科技手段能除去水中的有害物质，使之达到饮用水的要求。

村民们喝着子弟兵刚刚净化过的水，感受着子弟兵们对灾区人民无限的关爱。

油料供应部队灾区救援

在汶川大地震中，由于山体坍塌，夹在山谷中的河流被堵塞，形成了大大小小的堰塞湖。河水在不断上涨，随时有冲破塌方倾泻而出的危险。

唐家山堰塞湖就是其中最危险的一个。如果遇到强余震、暴雨，唐家山堰塞湖随时都有可能发生溃坝，将会对下游几十万百姓的生命财产造成毁灭性的威胁。

建在墩上乡、青片乡的中国移动机站，是保障唐家山堰塞湖抢险的信息通道。然而，由于恶劣的天气导致地面油料供应渠道中断，保证机站工作的发电用油突然告急。一旦油料用光，那就意味着唐家山抢险指挥部和各个救援机构的通信将全部中断，这直接影响到堰塞湖的抢险工作，情况十分危急。

成都军区抗震救灾联合指挥部应四川省移动公司的请求，决定紧急调运油料，利用直升机运往灾区实施空投。

众所周知，油料有易燃、易爆等特点。一旦处理不慎，空中的油料就会爆炸，这对在空中飞行的飞机来说是十分危险的。

但是，我军的油料保障已经是今非昔比。在这次抗震救灾中首次使用直升机空投专用油囊，这种油囊安全

联勤保障

109

性能好，具有防震、防漏、防静电作用。

满载救援油料的直升机腾空而起，赶赴灾区。一个小时后，直升机到达指定投送点的上空，成功投送了600升油料，中国移动基站恢复了正常运作。

油料，被称之为"战争血液"。在海湾战争中，三天时间里，美军地面部队就消耗油料7643吨。

而在与汶川大地震灾害抗争的这场"战争"中，各式车船、飞机不计成本在灾区抢救生命、运送物资，这对油料供应提出了更高的要求。

在抗震救灾过程中，陆军航空兵近百架直升机将大批食品和药品送往一座座"生命孤岛"，同时又将一个个危重伤员从死亡线上运输到后方医院。每个机组一天的飞行时间，几乎都在8到12个小时之间。

如此高密度、长时间的飞行，对于油料供应的高要求可想而知。据统计，仅5月18日这一天，救援部队各型飞机就执行飞行任务400多架次，消耗航空燃油2000多吨；地勤消耗汽油100吨、柴油300多吨。如果没有充足的油料供应，完成抗震救灾任务是难以想象的。

军队调拨骨干联医援灾

2008 年 6 月 10 日 11 时，汶川临产孕妇屈晓芳被紧急送到了成都军区昆明总医院安县医疗所，医生立即对产妇和胎儿情况进行详细检查。

屈晓芳幸运地躲过了地震，但腹中的胎儿再次把她推向了死亡的边缘。这时，三军联勤保障体制发挥了与命运抗争的作用。我军已经实现了联医、联修，哪里有灾情保障就展开在哪里。

屈晓芳曾有过两次产后大出血和一次胎死宫内的病史，这是第五次分娩，属高危产妇，极有可能难产或胎死腹内，情况万分危急。

医疗所妇产科、内科和外科医生紧急会诊，很快制订出了接生方案，对症用药，输液、给氧，增加产妇体力，安抚情绪，时间一分一秒地过去了。

22 时 2 分，孩子终于出生了，但新生婴儿因产程过长，没有自主呼吸。医生、护士紧急处置，清理呼吸道，口对口做人工呼吸。

两分钟后，婴儿终于发出了第一声啼哭，人们欢呼起来，既为了劫后余生的母亲，也为受灾群众中诞生的新的生命。

屈晓芳感激地看着眼前欢呼雀跃的军医，希望他们给孩子取个名字。她把这份特殊的荣誉献给了自己的亲人子弟兵们。

大家为她取了名字，叫震媛，取援助、圆满、缘分之意。

地震发生后，来自北京、山东、河南、广东、兰州等地的解放军医疗队相继到达灾区，进驻到了都江堰、绵阳、北川、彭州、映秀等城镇乡村，在任务区搭建起医疗帐篷，收治大批的受伤群众。

前方的医疗队在全力抢救伤员，后方也在积极配合行动。解放军紧急从北京和济南军区抽组了两所具有国际先进水平的野战机动医院，分别从唐山、郑州出发，急赴灾区。

野战机动医院由功能齐全、设备先进、信息化程度高、机动性能好、自身保障能力强的第二代大型骨干野战卫生装备，即野战医疗方舱模块和120名医务人员组成，设置床位200张、手术台4张，只需1个多小时就能展开运行。

为了抗击汶川大地震这场特殊的战争，尽快拯救灾区群众的生命，解放军调拨了一大批最新的骨干野战卫生装备，增援灾区。

已列装部队的军医背囊、野战急救车等装备，为一些危重伤员赢得了宝贵的"黄金抢救期"。野战手术车可同时进行两台手术，车体内配有呼吸机、麻醉机、心电监护仪、多功能电切刀和空调等设备，为救治更多的伤

112

员提供了保障。

这次增援灾区的还有两辆野战运血车，这是当时我军最先进的野战采供血装备，该车集血液采集、冷冻、运输、供应于一体，而且能够全程实施对血液的质量控制和溶血监测，确保失血伤员用血安全。

这些新型医疗装备大大改善了灾区的医疗条件，伤员救治速度得到明显提升，在瓦砾和废墟中为灾区群众开辟出一片片生命的绿洲。

联勤保障

联勤保障60周年国庆

2009年10月1日，是共和国成立60周年的日子。为了庆祝共和国60华诞，党中央决定在这一天举行盛大的阅兵式。为此，在北京沙河修建了一座阅兵村，供参加阅兵的指战员使用。

数万官兵住在这里，练在这里，对我军的后勤保障提出了挑战。

然而，经过数年的联勤体制改革，我军的联勤保障体制已经可以胜任高科技局部战争的后勤保障，后勤保障水平空前提高。居住在阅兵村里的官兵们，享受了我军有史以来最好的后勤保障。

在阅兵仪式准备期间，甲型流感病毒正在全世界肆虐，阅兵村采取了严格的防范措施。

"请站在脚印位置，抬头！"

阅兵村门口值班的医学博士王征，指着头前上方的体温检测仪，对即将入村的每名人员，进行体温检测，走过这道安检门，才能正式进村。

为保证阅兵卫勤安全，阅兵指挥部从北京军区第二五四医院、第二五一医院和北京军区疾病预防控制中心抽组精干力量，组成两支医疗防疫队。这两支队伍中有副主任以上医师资格的占62%。

走进阅兵村，各色各式的军服让人眼花缭乱，陆军的松枝绿，海军的海洋白，还有空军的天空蓝，以及各类新式迷彩服，将热闹的训练场装扮得多姿多彩。这些漂亮的军装在装点阅兵村的同时，也给被服保障带来了一些问题。

参加阅兵的官兵们不能穿着不合体的军装出现在国庆大典上。为保证各种新式军服的适体率，为担负阅兵保障任务而成立的两个兵站分别成立了军服调号中心，及时为受阅官兵服务。

调号中心陈列所有发放服装的品种型号，由官兵个人试穿后，确定所需型号进行调换；如果还有不合适的，就从工厂聘请缝纫师现场量体拆改。

阅兵村里磨损率最高的是鞋。每天数万次的踏步、磕脚跟，结实的皮鞋早已不堪重负，或者鞋底磨穿，或者脚后跟磨穿，还有的"张了嘴"。

战士们笑称，阅兵战士的脚都是"脚踏实地"、"空前绝后"的。

在阅兵村里，专门有一支解决"脚上问题"的队伍，他们是第一兵站维修队被装修理分队。

被装修理分队有 9 个人，每人每天要修 50 多双鞋。队员中赵军剑、付建忠两位师傅在 1999 年国庆阅兵时就为方队修过鞋。

从部队进入阅兵村开始训练到 9 月初，修理队已为受阅部队修鞋 8300 多双，光皮革就用去了 160 公斤。

联勤保障

鞋子磨损得如此厉害，战士们的脚当然也会受伤。在女民兵方队训练场边，身背"红十字"药箱的护士长岳红霞，正在为一名女民兵挑脚上的水疱，进行消毒处理。像这样的巡诊，岳护士长每天都要进行几次。

阅兵村里的伙食是第一流的，肉、蛋、奶每天都有，新鲜水果和蔬菜顿顿不缺。而且，在后勤部门的努力下，还进行了科学营养配餐。

在空军某地面方队的餐厅里，配餐员轻点鼠标，将当天官兵的训练强度、天气条件和人体所需的16种摄入营养等指令，输入"营养信息化管理系统"设备，一份营养套餐食谱很快生成并显示出来。

为确保官兵的健康营养饮食，联保组供应卫生处从北京市商业局挑选出来40余家单位，通过公开招标，遴选出参加过奥运会和"两会"饮食保障的9家供应商，参与阅兵餐饮保障。

在阅兵村里，官兵们一天要吃5顿饭，除了早、中、晚三餐，上午和下午还有加餐。加餐时，各个方队的炊事员各显本领，拿出最好的手艺做出可口的食品。这么多的尖子部队聚在一起，就连加餐吃什么也要比一下。

海军陆战方队送来了自己的特色饮食："海军陆战队大饼"，某陆军地面方队送来了三大桶饮料：酸梅汤、绿豆汤和绿茶。

放眼阅兵村，10个住宿保障区从北到南一字排开，周围地面全部铺设草皮，草绿色的板房与青翠的草地融为一体，蔚为壮观。

这些漂亮的板房采用新型彩钢板，不仅美观、耐用、可重复使用，而且环保、节能。它中间采用的聚苯 EPS 夹芯板是一种高效新型复合建筑材料，密封性能更好，完全能够与我们日常居住的砖结构房相媲美，还能抗 8 级大风！

6 排板房组成一个住宿区，里面办公、就餐、洗浴和用水、用电等配套建设一应俱全，每间宿舍还装有空调，这让顶着烈日训练的官兵们心里乐开了花。

住房条件的改善有效地提高了训练效益。

曾经担任过国庆 35 周年阅兵军旗手的程志强感慨地说：

> 国庆 35 周年阅兵训练住的是帐篷，国庆 50 周年阅兵训练住简易板房，如今官兵们住的是保温板房，每个房间还安装有空调。这在以前是想都不敢想的。

这次阅兵村的建设不仅从硬件上大力加强，还在居住环境的软件上努力做到"宜居"。在我国阅兵史上，首次对阅兵村进行综合环境影响评估。

北京军区联勤部营房部助理员狄寿山说：

> 为了详细了解阅兵村环境状况，我们组织

环境科研检测单位，深入到阅兵村，对温度、湿度、大气压、甲醛等 8 个环境影响因素进行采样检测，室内空气质量符合国家标准。

1999 年大阅兵时，官兵们乘坐解放运输车"露天"转场。而今，官兵乘坐的全是空调大巴，不仅不再顶风吃尘土，而且还能在路上享受片刻的清凉，甚至还能小睡一会儿。

参考资料

《走向现代化的人民军队》黄宏 程卫华主编 人民
　　出版社

《共和国军队回眸》杨贵华 陈传刚编著 军事科学
　　出版社

《新中国军旅大事纪实》张麟 程秀龙著 湖南人民
　　出版社

《中华人民共和国军事史要》本书编委会编著 军事
　　科学出版社

《大裁军》陈先义主编 长征出版社

《五十年国事纪要》余雁著 湖南人民出版社

《光荣记忆——精兵之路》本书编委会编著 中国人
　　民解放军出版社

《中南海三代领导集体与共和国军事实录》蒋建农主
　　编 中国经济出版社